AF454737

Adrienne CAMBRY

Autant de lecture que dans
un volume à 9 francs pour

95 cent.

l'ouvrage complet illustré

CHÉRIE - AIMÉE

ROUFF,
éditeur,
PARIS

NOUVELLE COLLECTION NATIONALE

Adrienne CAMBRY

Autant de lecture que dans
un volume à 9 francs pour

95 cent.

l'ouvrage complet illustré

CHÉRIE - AIMÉE

F. ROUFF,
éditeur,
PARIS

CHÉRIE=AIMÉE

CHAPITRE PREMIER

AIMÉE Briet sortit de la villa, par un clair matin de juillet. Son chien, Clairon, un petit berger noir et roux, la précédait gaîment, flairant le chemin.

Aimée avait dix-huit ans; des gens lui en donnaient à peine quinze, lorsqu'elle laissait flotter sa natte de cheveux blonds, soyeux et remplis de lumière. Ses yeux, longs et bleutés, devenaient verts dans le grand jour. Ils étaient calmes, sérieux et jeunes à la fois.

Ce matin de 1918, elle ne pensait qu'à ceci: la guerre finirait bientôt. Depuis quinze jours, nos soldats faisaient des merveilles; rapidement, les hordes barbares reculaient. Quelle magnifique espérance, et comme on allait enfin vivre heureux!

Aimée se trouvait sur une belle route, où les bois commençaient. Les élégantes propriétés qui se sont nichées tout autour de Montmorency, offraient à l'œil la fraîcheur de leurs jardins. De temps en temps, il est vrai, on entendait encore les coups assourdis et si reconnaissables de cette *Bertha* stupide et sauvage qui éprouva Paris sans parvenir à le terroriser. Mais les bombardements nocturnes avaient cessé; l'ennemi, forcé de reculer, n'avait plus les commodités pour lâcher vers nous ses oiseaux de mort.

Alors, et puisqu'elle était si jeune, Aimée se sentait heureuse. Parfois, elle rencontrait un militaire, un promeneur convalescent ou encore blessé, un mutilé, qui essayait ses béquilles en riant. Plusieurs hôpitaux auxiliaires, dans la région avaient, depuis quatre ans, habitué les civils à ce va-et-vient de soldats. Aimée leur souriait, leur parlait. La guerre, la sympathie qu'on témoignait aux défenseurs du pays, avaient aboli tout protocole mondain, et une fille bien élevée arrêtait, sans rougir, un jeune brave, pour lui demander: « Où avez-vous été blessé? »

Aimée, d'ailleurs, avait tenu à faire quelque chose pour nos défenseurs et elle allait, matin et soir, aider à servir les repas dans un hôpital assez proche. Ses parents ne lui avaient pas permis de faire plus et de devenir vraiment infirmière; elle était trop jeune; mais ils lui laissaient ce bonheur de revêtir la blouse et le tablier blancs, de cacher ses beaux cheveux de soie sous le voile flottant, et de pouvoir dire, comme tant d'autres: «Mon hôpital... nos hommes... nos soldats. »

Ses parents, elle y pensa soudain, pour les aimer plus que jamais. Ce n'était pas son père et sa mère, ainsi qu'il arrive presque toujours, mais ses grands-parents maternels, qui l'avaient élevée. M. et Mme Rivelois — soixante-trois et soixante-huit ans — avaient eu le chagrin de voir, vingt ans plus tôt, leur fille unique s'éprendre, à dix-neuf ans, d'un homme trop jeune et trop spontané. Un coup de tête folle, un mariage rapide, dans l'exaltation de la jeunesse les parents ayant consenti pour ne pas désespérer leur fille. Puis, la naissance d'Aimée, la jeune mère devenue maladive, le père sans situation, demandant au jeu des ressources; les Rivelois refusant de se laisser ruiner, le jeune mari devenant injuste et même méchant; tout l'amour sombrant, comme trop souvent, dans les réalités de la vie. Alors, une séparation brusque, après des mots inoubliables; la jeune Mme Briet, revenant, affolée, chez ses parents, sa fillette de trois ans dans les bras. Mais la pauvre femme était touchée au cœur et mourait dans l'année, avant qu'on eût pu même examiner si ce foyer démoli pouvait être relevé.

Alors, les grands-parents reprenaient l'ancien petit lit de leur enfant pour y coucher la chère Aimée. Elle l'était tant, aimée, et elle s'entendait tant de fois appeler chérie qu'elle se donnait elle-même un joli nom, accouplant, dans son ingéniosité enfantine, ces deux qualificatifs pleins de tendresse : Chérie-Aimée.

Aucune nouvelle du père ne vint jamais troubler la paix de la famille. M. Rivelois, fonctionnaire retraité, se consacra à l'instruction de la petite.

Depuis la guerre, on avait loué cette villa au bon air, dans les bois de Montmorency, pour que l'enfant ne fût point dans Paris — ce Paris si guetté, si éprouvé, et devenu si dangereux.

Aimée songeait, tout en marchant. Oh! oui, la vie serait bonne, bientôt, quand sonnerait la victoire, avec des bruits de fanfares! On pourrait enfin rire! Car c'était dur, cette angoisse qui pesait depuis si longtemps sur les cœurs! Quand cette guerre terrible s'était déchaînée, Aimée était une enfant; quatorze ans, les cheveux flottants, les jambes libres, cet air un peu garçon des fillettes robustes qu'on a laissé jouer, courir, et qu'on n'a pas menées dans le monde! Le monde! Combien elle entendait encore souvent sa bonne grand'mère le maudire! C'est que Mme Rivefois le considérait comme l'auteur de tous les maux et, finalement de la mort qui lui avait arraché son enfant. C'était dans le monde que Prosper Briet avait rencontré la chère Alice et avait su s'en faire aimer. Le monde! Aimée n'irait jamais; ses grands-parents l'avaient ainsi décidé. Si elle se mariait — oh! certes! selon son cœur — ce ne serait, certainement, qu'avec toutes les certitudes, et le fiancé ne tomberait pas précisément du ciel, mais on l'aurait simplement rencontré sur la route de la vie; c'était le mieux.

La jeune fille allait d'un pas allongé, qui faisait du chemin. Il ferait chaud, tantôt, et peut-être de l'orage, car les feuilles restaient immobiles et la nature était sans mouvement et muette. Elle rencontra un de « ses soldats », qui, convalescent, rendait de petits services à l'hôpital en faisant quelques courses. C'était un brave homme qui stagnait depuis plus de six mois dans cette formation! Breton, originaire d'un de ces hameaux de cinq ou six maisons, perdus dans un fond humide où ne passe ni grande route, ni chemin de fer ayant déjà la quarantaine, complètement illettré, Pacault avait donné bien du fil à retordre aux infirmières, et le médecin-principal, tous les quinze jours, hésitait à l'évacuer.

— Eh bien! Pacault! Ça va mieux, je vois ça! lui dit gaiment Aimée.

Le soldat eut un sourire navré en répondant:

— Ça me tient toujours dans le dos... et puis les jambes, qui sont comme mortes.

On n'en tirait guère autre chose: son dos, ses jambes. Qu'avait-il eu? Une maladie vague, mal définie, une dépression formidable, qui se muait en neurasthénie. Il n'avait plus qu'une idée: être réformé, retourner chez lui où sa femme, peinait, avec s.s quatre enfants trop jeunes pour gagner.

Aimée le consola: est-ce que la guerre n'allait pas finir, voyons? Alors, il fallait être gai!

Elle allait, songeant à son bel avenir. Que de fois sa grand'mère répétait devant elle: « Ah! pourquoi notre Alice a-t-elle aimé ce Prosper? »

Oui, pourquoi? Et la petite, qui s'embrouillait encore beaucoup dans tout cela se mit un jour, cependant, à répondre:

— Que veux-tu, grand'maman, il est probable qu'on ne peut pas s'empêcher d'aimer!

Mme Rivelois avait eu un mouvement d'effroi. Aimée allait-elle bientôt, à son tour, comprendre ces choses? Elle ressemblait tellement à sa mère! Tout son portrait! Alors, l'aïeule disait vivement, pour cacher son trouble:

— Il ne faut pas t'occuper l'esprit de ces frivolités-là, ma chérie. La guerre a dû te donner des idées sérieuses. Et puis, tu sais que tes études en ont beaucoup souffert. Il va falloir les reprendre comme si tu n'avais que quinze ans. Ne te crois pas une grande personne.

Aimée souriait encore à cette pensée. Non, elle ne se croyait pas une grande personne, et pourtant, elle ne se sentait plus une enfant. Calme, sans aucune curiosité, sans aucune attirance vers les mystères éternels de la vie,

dont l'éclaircissement agite tant de jeunes êtres, elle sentait confusément, pourtant, qu'elle entrait dans une période de l'existence où l'idée de s'appuyer sur une tendresse choisie paraît logique et vous berce doucement, aux heures de rêverie. Mais enfin, grand'maman avait raison: Aimée avaient bien le temps d'y penser!

Elle était si heureuse! Et la guerre, avec ses longues quatre années, serait comme un grand trou, au fond duquel le temps s'était engouffré, mais ne comptait plus. Elle pensa: « Et, comme le dit grand-papa, nous n'allons pas nous marier si facilement, nous, les jeunes filles, il y a tant de morts, tant de morts! »

Elle eut, pour eux, une pensée fervente qui était une prière. Elle ne les oubliait pas, ne les oublierait jamais. Il en était qu'elle avait connus; elle les revoyait si vivants, si gais, si braves! Un jour, on disait: « Un tel a été tué. » Et l'on frissonnait une fois de plus: « un si beau garçon! vingt-trois ans!... Mort! »

Alors, peut-être qu'on ne rirait plus jamais? Peut-être qu'une bonne française ne devrait s'habiller qu'en noir, pour honorer tant de ses frères tombés pour sa défense? Car si Aimée était là, sous ce ciel pur d'été, à quelques lieues de Paris, dans une belle villa tranquille, c'est tout de même parce que là-bas, les jeunes hommes se battaient! Là-bas! Ce n'était pas si loin! Depuis le printemps, comme on l'entendait, la nuit surtout, le formidable canon des batailles! Comme il avait roulé, tonné, fait rage, terrible tonnerre, en cette nuit de juillet dernier où l'ennemi commençait à reculer! Il était pourtant inoffensif, pour ceux qui l'entendaient des environs de Paris; mais, lointain, sourd, tragique il impressionnait bien plus que les assourdissements des sauvages bombardements.

Aimée pensa encore: « J'aimerais épouser un soldat, un officier de carrière... En tout cas, quelqu'un qui aura fait la guerre; ça, oui! »

Clairon, le chien loup, grogna, en s'arrêtant net, le nez cherchant d'où venait l'air qu'il reniflait.

— Ici, Clairon!

Au croisement de deux routes, un soldat, assis sur un pliant, une boîte ouverte sur les genoux, peignait. Son bonnet de police rejeté en arrière, il montrait un visage intelligent, éveillé. Il se leva rapidement, éleva sa main en forme de salut. Aimée disait simplement:

— Ne vous dérangez pas, je vous en prie!

Et elle approcha, discrète et souriante:

— Je puis regarder?

— Comment donc?

Une petite étude, sur un panneau de bois, s'ébauchait en une jolie note de verdure et de ciel bleu. L'endroit avait été choisi entre beaucoup d'autres, parce qu'il formait un tableau complet: le chemin, en creux et un peu montant, était enjambé par une vieille arche moussue, qui reliait les deux parties d'un parc, jadis coupé par la route. Des pierres verdies et brunies de mousses de longues lianes tombaient, habillant le pont de franges et de lambrequins.

— Ce coin est ravissant, dit le peintre.

— Et votre tableau sera pareil, répondit Aimée.

Le soldat regarda la jeune fille, et une sorte de tressaillement, qu'elle ne vit point, remua ses traits. Mais il se tenait discrètement dans un mutisme correct.

Ce fut Aimée qui l'interrogea: d'où venait-il? de quel hôpital? Avait-il été blessé? Quel était son régiment?

Il répondait avec complaisance. Il était à Montmorency depuis quelques jours seulement; mais il avait déjà fait un très long séjour dans d'autres hôpitaux car sa blessure avait été longue à guérir. Il montra sa manche où se voyait un court galon posé en biais:

— Sergent... Vous voyez, ce n'est pas encore les feuilles de chêne d'un général. Mais quand on est parti simple soldat... L'essentiel, c'est d'en être sorti, n'est-ce pas?

Aimée approuva; elle eût voulu connaître son âge, car, au fond, il lui paraissait vieux; peut-être autant que ce pauvre Pacault. Elle eut une petite ruse:

— Vous avez une famille? Vous êtes marié?

Elle avait, tant de fois, posé cette question! Mais lui répondait, un peu hésitant:

— Non, je suis seul.

Et elle se tut, ce regard la gênant, sans la troubler, cependant. Elle lui parla un peu peinture; elle eût aimé peindre, elle aussi! Mais ses parents préféraient la musique! Puis, ils parlèrent de la guerre, des hôpitaux, des invraisemblables vêtements que portaient les soldats, au début!

— Maintenant, vous êtes très bien habillés; mais je vois toujours nos premiers arrivants: pantalons de velours, vieilles vestes de toutes les armes...

Elle prit congé; mais en s'éloignant, elle sentait encore peser lourdement sur elle le regard de l'inconnu.

II

Il ne faut pas ainsi parler à n'importe qui, dit la grand'mère, quand Aimée, au déjeuner, raconta sa rencontre.

Le petit tableau entrevu enthousiasmait la jeune fille. Elle déclara avec feu qu'elle voudrait l'avoir, qu'elle reverrait le soldat peintre:

— Il reviendra sûrement; il était là pour la première fois. Eh bien! je le lui demanderai, voilà tout! Ce sera un joli souvenir!

— Tu es folle, chérie. Ce garçon y tiendra, s'il est artiste. Et puis, on ne demande rien: tu sais bien que cela ne se fait pas.

Aimée eut un joli mouvement d'épaules, gamin et espiègle. C'était la guerre, voyons! On faisait, on disait des choses qui eussent été extraordinaires en temps de paix!

— Elle a tout de même raison, approuva M. Rivelois; en ce moment, les conventions mondaines sont bien bouleversées.

Une idée tracassait la grand'maman, toujours si inquiète. Elle n'osait poser une question, et la moitié du déjeuner se passa à parler d'autre chose. Puis, n'y tenant plus, elle demanda enfin:

— Il est jeune, naturellement, ce militaire?

Aimée la laissa à peine achever, et répondit avec entrain:

— Eh bien! non, je ne crois pas! Tu sais, moi, je suppose qu'il a au moins l'âge de Pacault!

Les grands-parents sourirent. Depuis des mois, l'obscur nom de ce très humble citoyen retentissait plusieurs fois par jour à leurs oreilles: Pacault avait dit ceci, fait cela, répondu telle chose. L'infirmière major avait grondé Pacault, le médecin-chef l'avait sermonné. Pacault par-ci, Pacault par-là. Quelle importance prenait ce pauvre diable qui en avait si peu dans la vie.

— Il y a longtemps, plaisanta M. Rivelois, que nous n'avions parlé de Pacault!

De temps en temps, lui et sa femme s'en allaient, porteurs de cigares, d'oranges et de bananes, voir les soldats de l'hôpital où leur petite-fille donnait si gentiment un coup de main. Ils avaient même voulu lui voir servir un repas, et l'admirer dans sa blanche et monacale tenue. Mme Rivelois n'était pas tout à fait tranquille: si l'un de ces jeunes gens allait troubler le cœur de sa Chérie-Aimée!

— Tu les as vus, ces braves garçons, la rassurait son mari: des paysans, en majorité, des gars de toutes nos provinces. Ils ne pensent pas plus à elle qu'elle ne saurait penser à eux!

— C'est vrai; mais il suffit d'un, répondait la grand'mère soupirant à ses souvenirs.

Ce soir-là, Mme Rivelois revint à son idée:

— Aimée, fit-elle très sérieusement, je pense que tu ne chercheras pas à revoir ce peintre.

La petite eut un regard très vif sur sa grand'mère dont les yeux tendres avaient toujours comme une lueur d'effroi contenu. Son visage entier semblait constamment refléter une sorte de crainte. Mais le grand-père s'interposa:

— Voyons, ma chère, tu ne vas pas interdire à Aimée de parler à ce soldat qui s'est montré très correct envers elle! Elle n'a pas à le rechercher, bien entendu; mais, comme elle passe sous le pont pour descendre à l'hôpital, il est assez probable qu'elle le reverra.

Mme Rivelois soupira et eut l'air si apeuré que le grand-père et la petite-fille se mirent à rire:

— Il ne me mangera pas, va, grand'mère, s'écria celle-ci dont les yeux se verdirent de rayons clairs. Et mon chien Clairon est là, voyons, avec ses belles rangées de crocs formidables. Si tu crois qu'on n'est pas en sûreté avec ces dents-là!

Elle emmenait toujours son chien parce qu'elle avait, en sortant de la villa, quelques mètres de chemin assez désert dans le bois. Le matin surtout, on y rencontrait bien peu de monde, car le tantôt, les promeneurs militaires y étaient assez nombreux, et ceux-là n'étaient pas à craindre. Quand elle arrivait à l'hôpital, le chien loup, après avoir reçu maintes caresses, attendait patiemment sa maîtresse dans une cour de service.

Aimée, le lendemain, sortit vers la même

heure. Elle avait son idée. Oh! certes! elle ne voulait pas affliger cette pauvre grand'maman, qu'elle aimait tant, et qui avait si vite envie de pleurer! Elle ne voulait pas lui désobéir. Mais elle se sentait très soutenue par son grand-père. Adorée de tous deux, elle était mieux comprise de celui-ci. Plus souvent, il l'approuvait, entrait dans ses petites raisons, ne discutait pas ses petites idées.

— Tu sais bien que grand-papa pense comme moi, cela devrait te rassurer, disait-elle souvent à sa grand'mère.

Ou bien encore:

— Grand-papa est un homme, lui; il ne s'effraie pas pour rien; il connaît les choses et la vie.

Alors, comme elle avait son idée, elle sortit vers la même heure. Il lui fallait bien passer au coin des routes, sous le vieux pont tout couvert des lèpres brunes et vertes de la mousse. A moins de faire plus d'une lieue pour se détourner. Alors...

De loin, elle le vit, assis à la même place, levant et abaissant la tête presque régulièrement. Elle avait le temps, en approchant, de se rendre compte qu'elle était très contente de le revoir. Pourtant, il devait être au moins aussi vieux que Pacault... C'est très drôle: il l'attirait. Et puis, elle voudrait ce petit paysage, qui ferait si bien dans sa chambre... Un si joli souvenir lorsque, la guerre finie, on rentrerait à Paris!

Lui, ne se leva pas en la voyant; mais il dit, dès qu'elle fut assez proche:

— Comme vous feriez bien dans mon paysage, si vous aviez une robe rose ou bleue!...

Aimée eut une petite moue sur sa robe à damiers noirs et blancs; elle répondit:

— En effet, ces carreaux ne doivent pas faire bien joli, dans les fraîches couleurs des bois!

— Pourquoi, demanda-t-il, n'êtes-vous pas habillée en clair? Vous êtes si jeune et si blonde!

Une roseur plus vive courut, ondée charmante, sous la peau fine.

— Je ne porte guère de couleurs, fit-elle. Mes parents ne peuvent souffrir cela!

Elle disait toujours: mes parents. C'était une discipline d'éducation, une habitude exigée par Mme Rivelois, qui craignait qu'en disant: « mes grands-parents » à des inconnus Aimée éveillât leur curiosité.

Le sergent demandait encore:

— Vous êtes en deuil, sans doute?

Aimée trouva qu'il posait beaucoup de questions. Elle avait un petit esprit très prompt et avisé. Elle répondit, très sérieusement:

— A la maison, depuis la guerre, nous trouvons que tous les Français sont en deuil.

Le peintre s'arrêta, un peu surpris. Avec une nuance d'ironie il répliquait:

— Bravo! Voilà une jolie réponse, et je vous en fais mes compliments.

L'odeur prenante des bois les envahissait. Un peu de pluie, la nuit précédente, avait enlevé les poussières, lavé les branches et les feuilles, et de fortes senteurs sortaient librement des écorces, des verdures et de la terre même. Aimée regardait la petite étude, qui avançait un peu, depuis la veille.

— Comme ce sera joli, ce chemin dans le bois, fit-elle.

Puis, un peu tristement, elle ajouta:

— A Enghien, j'ai une amie qui est infirmière, mais alors, pour de bon; elle soigne les blessés. L'un d'eux lui a fait son portrait. Il paraît que c'est un artiste déjà connu. Je ne me souviens plus de son nom. Mais elle a de la chance!

Elle avait mis tant d'élan dans cette exclamation que le peintre se prit à sourire, amusé:

— Vous aimez tant que cela la peinture? fit-il.

— Beaucoup. Toute petite, je demandais toujours des boîtes de couleurs et je m'efforçais de reproduire les objets, même les paysages, à la campagne.

Le soldat, qui ne peignait presque plus, regardait la petite, si blonde sous son chapeau de paille noire, si fine, si fraîche. Il dit:

— C'est très intéressant, cette disposition. Vous devez être très bien douée. On aurait dû vous laisser apprendre.

Aimée soupira:

— Plus tard, peut-être. Nous verrons.

Elle aurait voulu savoir l'âge de cet homme. De vives curiosités s'éveillaient en elle, à l'égard de cet inconnu. Elle était trop vraiment jeune pour s'absorber dans de profondes réflexions et se demander pourquoi il retenait son attention. Pourtant, elle se satisfit elle-même en se disant: « C'est un soldat, voilà tout, et comme il peint il m'intéresse encore plus. »

— C'est dommage que vous ne soyez pas à mon hôpital! se récria-t-elle avec une franchise ingénue. Il est dans un pensionnat de jeunes filles, et il y a un très joli parc. Au printemps, il y avait tant de lilas, que les soldats ont eu l'idée d'y faire une fête des fleurs!

— Les lilas la faisaient bien tout seuls! fit-il d'une voix un peu amère, qui lui attira cette réplique d'Aimée:

— Vous avez l'air triste: c'est très drôle! En général, nos soldats sont gais. Sauf Pacault...

Il avait déjà entendu parler de Pacault. Il répondit :

— Vous savez, mademoiselle, qu'il faut être vraiment jeune pour être gai par les temps que nous vivons. Les soldats de la première année étaient plus moroses en général. On m'a dit cela à l'hôpital. C'était beaucoup d'hommes mûrs. Et dame, ce n'est pas gai d'être arraché à cet âge-là aux habitudes et aux travaux de la vie familiale.

— C'est ce que dit ce pauvre Pacault, qui a femme et enfants. Mais puisque vous êtes seul...

Aimée, en disant ces derniers mots, hésitait un peu. Elle pensa: « Grand'maman ne serait pas contente », et elle n'alla pas plus loin. Elle était trop curieuse, et ce soldat s'en apercevait certainement, car il laissait tomber l'entretien et se remettait à peindre. Aimée sentait l'odeur de l'huile fraîche qui montait vers elle.

Elle eût voulu lui demander son nom : c'était trop bizarre de ne pas savoir comment se nomme quelqu'un avec qui l'on parle pour la seconde fois. Mais il ne lui demandait pas le sien, et cette discrétion était sans doute une indication.

Il se prit à parler peinture, lui disant toute la part d'invention de composition, d'interprétation que l'artiste doit mettre dans la copie de la nature. Elle écoutait, intéressée. Quelque chose se passait en elle qui lui disait qu'elle aimerait entendre parler cet homme, apprendre à peindre à ses côtés. Grand'maman ne voudrait jamais. Sous prétexte que cette pauvre mère avait été mal mariée, elle eût voulu, cette bonne grand'maman, que sa petite Chérie-Aimée n'adressât jamais la parole à un homme, quels que fussent son âge, son éducation, et même son sérieux. Car celui-ci, « dans le civil », devait être un monsieur des plus sérieux, et à qui une jeune fille peut parler sans manquer aux bienséances.

Aimée se disait tout cela, en écoutant les réflexions du soldat, et quand il se tut, elle déclara :

— Vous êtes un véritable artiste!

Il sourit en disant :

— Détrompez-vous, je ne suis qu'un très petit amateur sans talent. Dans la vie, j'ai trop à faire pour me récréer. Il a fallu cette oisiveté de ma convalescence. On me laisse sortir dès le matin, parce que l'air des bois m'est bon, et que je n'ai plus besoin d'aucun soin. Il est assez probable que ce bon temps va bientôt finir.

— Vous ne retournerez peut-être pas au front. La guerre ne va plus durer longtemps.

— C'est probable; mais elle n'est pas finie, et j'irai encore, si l'on m'y envoie.

Aimée sentait bien qu'elle n'avait plus qu'à s'en aller, et qu'il ne fallait plus s'attarder. Elle eut une idée subite :

— En vous promenant, dit-elle, vous devriez entrer chez nous. Mes parents seront heureux de vous connaître. Je leur ai parlé de vous. C'est par là...

Elle indiquait la route, la villa. Il viendrait, elle n'en doutait pas, et grand'maman serait

Quand elle l'aperçut, toujours peignant son tableautin (p. 7).

très rassurée en constatant combien il était convenable. Et puis, il avait au moins l'âge de Pacault. Alors, elle serait forcée de reconnaître que ce n'était pas encore celui-là qui lui enlèverait sa petite-fille.

Le soldat remercia, déclinant vaguement l'offre. Le tantôt, il peignait dans un autre coin qu'il indiqua.

— Eh bien, je vous mènerai mes parents! fit-elle, têtue, obstinée dans son idée que cet homme serait un ami pour sa famille. Elle y tenait; elle le voulait, parce qu'une sympathie inexplicable l'attirait vers lui et la retenait dans l'espoir de le connaître mieux.

III

Dès le commencement de 1918, alors que les torpilles et les bombes allemandes se déversaient presque chaque nuit sur Paris, la villa jumelle de celle des Rivelois avait reçu des habitants. Cette toute pareille maison, séparée de l'autre par les jardins mitoyens, deux dames, qu'on devinait tout de suite être la mère et la fille, celle-ci d'âge déjà mûr, l'autre à l'aspect blanc et voûté d'une très vieille femme, avait été louée en meublé par cette famille fuyant Paris. Un monsieur âgé, frère aîné de la plus jeune des deux, résidait avec elle. L'ensemble était complété par une bonne, femme de la campagne, d'aspect honnête et rustique.

On sut bientôt des détails, sans les avoir sollicités: Mme Hélier, c'était la plus vieille des deux dames; l'autre était sa fille, qu'on appelait Mme Thirion; leur compagnon était M. Hélier le fils, un vieux garçon, et Mme Thirion, qu'on disait veuve, avait un fils à la guerre, en qualité de lieutenant. Ce jeune homme, sorti de l'École Polytechnique, était officier de carrière. Voilà ce que les gens de service apprirent aux Rivelois qui n'étaient guère curieux, mais furent enchantés de savoir qu'ils avaient des voisins très honorables. Tout de suite, on se salua, M. Rivelois et M. Hélier étant des hommes de la meilleure éducation, et les circonstances spéciales dans lesquelles on se trouvait rendent les inconnus beaucoup moins distants entre eux. Il arriva même que les deux hommes, rentrant au même instant chacun chez soi, le journal à la main, se mirent à parler de la guerre et de ce « communiqué » si passionnant, devenu la grande émotion quotidienne. Les usages mondains étaient bousculés. On arrêtait un inconnu porteur d'une feuille qu'il venait d'acheter, pour lui demander: « Eh bien! Quelles nouvelles? » Et cela paraissait tout simple à tous.

Les femmes s'abordèrent après que les hommes eurent fait connaissance. Mme Thirion était une personne des plus aimables et recherchant la société, sa mère avait été telle, Parisiennes et mondaines, elles s'étaient vite ennuyées dans cette solitude de la campagne à l'orée des bois. Des propriétés non habitées déployaient sur les chemins des longueurs monotones de murs gris derrière lesquels on savait qu'il n'y avait qu'abandon, grands arbres, jardins redevenus sauvages. Mais quand ces dames eurent aperçu la sympathique famille Rivelois, elles voulurent la fréquenter. La jeune fille les attirait; Aimée avait un air si vraiment jeune qu'elle était comme ces fleurs printanières, plus fraîches pour être écloses dans la jeunesse de l'année.

Quand M. Rivelois et H. Hélier se furent parlé à plusieurs reprises, les présentations devinrent imminentes. Cela, pourtant, traîna un peu en longueur, à cause de la sauvagerie craintive de l'excellente Mme Rivelois, que ses malheurs, comme elle disait, rendaient méfiante.

Enfin, les deux familles franchirent leurs seuils respectifs. Et l'on parla, de chaque côté, des deux êtres qui étaient les idoles, les deux absents très chers: la fille des Rivelois, l'éternelle regrettée, le fils de Mme Thirion, le jeune Adrien, pour qui sa mère ne dormait plus, ne mangeait plus, ne riait plus:

— Le savoir là-bas! La nuit, je l'imagine blessé à mort, seul, abandonné sous le ciel, et m'appelant...

La vieille Mme Hélier rentrait ses épaules avec un frisson d'épouvante et semblait se rétrécir encore. Son fils, qui avait une physionomie énergique, la rassurait et plaisantait sa sœur:

— Adrien est un brave, oui, disait-il; mais aussi, c'est un garçon qui a de la chance. Songez qu'il fait la guerre depuis le premier jour. Il a été dans tous les pires coins; il ne lui est jamais rien arrivé!

Bientôt, on se vit journellement, et la confiance s'établit, sans pourtant que ces dames en arrivassent aux confidences. Chacune se réservait, n'ouvrait pas aux yeux de l'autre ce tiroir secret dont la clef se cache, pour chacun de nous, au fond des arcanes les plus secrets de notre cœur. Mme Rivelois laissait croire que sa petite-fille avait perdu son père, après que sa mère était morte déjà; mais sur ce père, elle ne donnait pas de détails, elle ne prenait pas plaisir à évoquer son souvenir, alors que celui de sa fille était partout vivant dans la maison, dans les conversations, et comme flottant autour de la famille.

Mme Rivelois faisait de grandes réserves sur l'allure de Mme Thirion, qui s'habillait en gris, en bleu-marine, avec une certaine élégance encore jeune.

— Une veuve qui ne veut pas se remarier ne quitte plus le noir, avait remarqué Mme Rivelois.

Elle donnait la cinquantaine à cette dame, et lui reprochait en arrière, non seulement la couleur et la forme de ses robes, mais encore la blondeur artificielle de ses cheveux, l'éclat trop vif de son teint, la rougeur de ses lèvres, un certain parfum qu'elle promenait avec elle, et surtout — oh! surtout! — son air, cette expression trop vivante et trop en train pour une femme de son âge, pour la mère d'un soldat, pour une veuve...

— Elle dit qu'elle meurt d'inquiétude, et elle a le courage de se farder, de se parfumer. Moi, je me dirais : « Tandis que je me mets du rouge, le sang rouge de mon pauvre enfant coule peut-être! »

M. Rivelois, pacifique, arrangeait les choses et évitait les chocs qui se fussent produits. À quoi bon dire des mots désobligeants à des gens qu'on perdrait peut-être de vue complètement, dans quelques mois? L'essentiel était qu'ils fussent honorables et agréables à fréquenter. Et, puis, il fallait être indulgents les uns pour les autres. On souffrait tous bien assez, du fait de la guerre!

— Chacun a ses travers; tout le monde ne se ressemble pas. Mme Thirion a des habitudes d'élégance que tu n'as jamais eues et que tu blâmes, ma chère amie. Que veux-tu! elle a été élevée comme cela, c'est probable! Passe-le lui, puisque, d'autre part, elle est charmante pour toi comme pour notre chérie.

— Aimée raffolait de Mme Thirion. Elle la persuada d'aller offrir ses services à l'hôpital, et bientôt eut le plaisir de la voir s'y rendre tous les trois jours, le matin, pour faire le ménage.

— Cela me fait maigrir! disait l'aimable femme. Je vous certifie bien que je n'ai jamais balayé, fourbi, frotté chez moi comme je le fais maintenant.

A la première visite, Mme Thirion avait montré le portrait d'Adrien. Aimée, sans s'y attarder, avait vu l'image d'un beau soldat, plein de vaillance, de saine et jeune gaîté.

— Ah! sans la guerre, gémissait la mère inquiète, il serait devenu général! Mais n'y restera-t-il pas?

Son frère la raillait.

— Sans la guerre, rétorquait-il, tu ne le verrais tout de même pas encore avec ses deux galons et la Croix d'Honneur! Et il ne serait pas capitaine comme il le sera, avant d'avoir trente ans! Donc, il sera général beaucoup plus tôt. Et tu te plains!

— Il faut qu'il en revienne! répétait-elle.

Adrien devait avoir sa permission dans six semaines; on verrait donc alors ce fils tant aimé.

Un matin, comme elle se rendait à leur hôpital en compagnie de Mme Thirion, Aimée fut surprise que celle-ci se détournât du chemin ordinaire.

— Vous ne connaissez donc pas la route? fit-elle. Par ici, nous nous allongeons beaucoup!

Mme Thirion, prise au dépourvu, ne trouva pas à imaginer une histoire, et répondit, l'air gêné:

— Je vais vous dire, ma chère petite. Par ce chemin, l'autre matin, j'ai fait une rencontre qui ne m'a pas plu, et je crains de la refaire aujourd'hui.

— On ne rencontre pas comme cela les mêmes gens deux fois de suite, observa Aimée.

Mme Thirion s'était arrêtée: car il fallait se décider pour un chemin ou pour un autre. Elle dit, prenant son parti:

— Allez toute seule, alors... Moi, je ne veux plus passer par ici!

La jeune fille se tut, mais une très grande surprise se peignit sur son visage. Malgré sa discrétion, elle manifesta une certaine curiosité, par son silence même. Et Mme Thirion comprit soudain qu'elle lui devait une explication.

— Voici ce qui m'est arrivé, dit-elle. C'est très simple: il y avait, près de ce vieux pont qui coupe l'avenue, un soldat en train de peindre. Je l'ai reconnu pour un ami de mon mari, dont j'ai eu fort à me plaindre, jadis. Il a dû me reconnaître aussi... Cela m'est très désagréable!

— Oh! c'est trop fort! s'exclama Aimée avec un entrain ingénu; c'est trop fort! Je le connais, moi, ce soldat! Je lui parle!

Mme Thirion parut contrariée. Elle demanda:

— Vous le connaissez... depuis longtemps?

— Mais non: depuis ces jours-ci. J'aime beaucoup la peinture, je crois vous l'avoir dit. Alors, je me suis approchée pour voir son tableau; et, comme c'est un soldat, je lui ai parlé!

— Vous a-t-il dit son nom?

— Pas plus que moi le mien!

Elles marchaient lentement, dans la direction que souhaitait Mme Thirion. Aimée la suivait à regret. Mais elle était si intéressée!

Après un silence que la jeune fille n'osait briser, Mme Thirion déclara sur un ton décisif:

— Un bon conseil: ne parlez plus à cet homme!

Aimée reçut un petit choc. Comment! elle ne devait plus parler à ce soldat qui causait si bien!

Faiblement elle murmura:

— Oh! Pourquoi?

— Parce que... ce n'est pas un homme bien, répondit Mme Thirion avec une certaine humeur dont l'âpreté surprit fort la jeune fille. Cependant, elle tint bon et prit une résolution subite:

— Je veux voir tout de même s'il est encore là, dit-elle. Allez seule, madame. Nous nous retrouverons à l'hôpital!

IV

Quand elle l'aperçut, toujours peignant son tableautin, Aimée tressaillit. Puis, elle se dit: « Pourquoi? Je serais stupide de m'embarrasser des antipathies de madame Thirion, par exemple! »

Cependant, ces mots: « Ne parlez plus à cet homme! » sonnaient encore dans sa mémoire. Cette femme devait tout de même s'y connaître; son conseil était peut-être bon. Si elle blâmait ainsi Aimée, elle allait certainement parler de la chose devant grand'maman, et celle-ci mettrait dehors toutes les voiles de l'inquiétude, de la prudence, et en avant toutes les plus expresses défenses.

La jeune fille eut le temps de penser tout cela, à mesure qu'elle approchait. La voix claire du soldat l'interpella:

— Vous savez! on m'évacue: je m'y attendais!

Il était envoyé, pour y connaître son sort, dans un grand dépôt de convalescence où se remplissaient les dernières formalités et où l'on statuait sur le sort des militaires évacués des hôpitaux.

— En tout cas, vous avez droit à une permission, et si vous n'avez pas de famille, où donc la passerez-vous? demanda vivement Aimée.

Elle sentit tout de suite à la fois l'indiscrétion et la hardiesse de cette question. Et elle en rougit, en attendant la réponse.

— Les pauvres diables comme moi ont tout de même quelques amis, disait le sergent.

Alors, la petite voix, un peu intimidée, reprenait:

— Si vous n'avez personne, venez chez nous!

L'énormité de la proposition la suffoquait elle-même. Elle respira un peu fort, tandis qu'un geai, dans un arbre, éclatait de son rire diabolique, comme s'il se moquait. Le peintre sembla écouter le cri de l'oiseau et attendit pour remercier:

— Vous êtes charmante... mais je serais indiscret. Que diraient vos parents?

— Ils vous recevraient de grand cœur, protesta Aimée; vous êtes un soldat, vous avez été blessé; vous seriez le bienvenu.

La physionomie du militaire s'éclaira d'attendrissement:

— Je vous remercie sincèrement, fit-il. Je sais ce qu'il y a d'affection réelle dans presque tous les cœurs pour nous, qui faisons la guerre. Mais j'ai de vieux amis en Normandie. C'est là que j'irai.

Aimée demeurait toute droite, l'air navré. Le peintre reprit:

— Mais j'irai, si vous et eux le permettez, présenter mes devoirs à vos parents avant de vous quitter.

— Convenons du jour! s'exclama gaîment Aimée, et vous viendrez goûter avec nous!

Les détails étant réglés, le peintre dit encore:

— Je voudrais vous offrir cette petite étude en souvenir de cet endroit où nous nous sommes rencontrés.

Aimée faillit sauter de joie comme un enfant à qui l'on offre un jouet longtemps convoité.

— Alors, reprit-il, je tiens à y mettre une petite dédicace. Vous serez bien aimable de me dire votre nom.

Elle eut un rire amusé et fit joyeusement cette remarque:

— C'est tout de même vrai, que nous ne savons même pas nos noms!

Et de son sac, elle tira un petit carton:

— Voici le mien.

Il lut à mi-voix : « Aimée Briet. »

Comme elle était très joyeuse, la jeune fille ne vit pas une réelle altération se produire sur les traits de son interlocuteur. Elle était si contente de posséder le petit paysage! Elle l'avait tant désiré! Comme les moroses paroles étaient loin, en ce moment!

Gaîment, elle demanda:

— Et vous, ne me direz-vous pas aussi votre nom?

Il eut un regard de désolation. Il dit, très bas:

— Naturellement je dois l'écrire sous ma dédicace.

Et, la voix toute changée:

— Je me nomme Briet, comme vous!

Mais elle s'amusait seulement de cette coïncidence.

— Le même nom! se récria-t-elle; c'est un nom très français, très répandu. Au cours que je suivais, à Paris, il y avait une autre petite fille Briet.

Un peu brusque, il demanda:

— Vous me direz bien votre âge?

Simplement elle le lui dit. Il resta un moment rêveur. Et, de nouveau il questionna:

— Vos parents?... C'est avec votre père et votre mère que vous vivez? Ils se nomment Briet, comme vous?

Cette fois, Aimée se sentit un peu désemparée. La solitude, soudain, lui tomba lourdement sur le cœur et l'oppressa. Qui était cet homme qui, soudain, l'interrogeait avec cette sorte d'âpreté? Cependant, la nature droite, fière et franche jusqu'à l'imprudence de la petite, se refusait aux ruses et à la dissimulation. Elle répondit sans hésiter:

— Je suis avec mes grands-parents maternels, monsieur et madame Rivelois. Mon père et ma mère sont morts quand j'étais toute petite.

Le sergent Briet s'était levé. Il était pâle; ses yeux se creusaient:

— Votre père est mort? demanda-t-il anxieusement.

Aimée n'avait pas été élevée dans cette fausse idée. Elle savait très bien, sans y comprendre grand' chose, le désastre du foyer de ses parents. Mais elle pensa qu'en ce moment le mensonge s'imposait, et qu'elle ne devait pas une telle confidence à un étranger.

Elle répondit donc d'une voix très ferme:

— Mais oui; mon père est mort!

Mais au même instant, elle eut comme un cri léger et se précipita vers le soldat qui, s'affaissant sur l'herbe du chemin, s'y laissait presque tomber. Il était si pâle qu'elle le crut évanoui:

— Qu'avez-vous, mon Dieu?

Elle se baissait vers lui, compatissante, cherchant quel secours elle pouvait lui apporter. Alors, par un effort de volonté il se redressa, s'assit sur le gazon, et le regard dont il l'enveloppa était tel qu'Aimée en fut bouleversée. Il étendit ses mains vers elle. Et elle vit qu'il pleurait:

— Oh! murmurait-il, vous vous! Ma petite...

Mais il se raidit, domina sa faiblesse et dit, très haut:

— Quittez-moi, mon enfant. Quittez-moi. Nous ne devons plus nous revoir. Prenez ce petit paysage... Attendez... Je vais y mettre la dédicace.

— Mais non, voyons, disait Aimée. Vous êtes trop souffrant. Venez à la maison; vous vous reposerez. Vous me donnerez ce tableau un autre jour.

Elle frissonna au timbre grave de la voix qui répondait:

— Je n'irai jamais chez vous!

D'une main qui tremblait il voulut écrire, du bout d'un fin pinceau. Mais il s'arrêta:

— C'est trop dur! murmura-t-il.

Et simplement, il signa: Prosper Briet.

Aimée se méprit sur le sens de ses paroles:

— Oh! fit-elle, c'est dommage! Mettez au moins la date.

Il l'écrivit, lui tendit le petit panneau:

— Souvenir... dit-il lentement. Et cependant, oubliez-moi. Oubliez mes paroles.

Les yeux bleus-verts, qui rayonnaient de vie, de curiosité sympathique, le fixèrent un instant:

— Mais enfin, qu'avez-vous eu? Vous avez éprouvé certainement un malaise?

— Oui, avoua-t-il. J'ai eu soudain une impression très pénible.

Et il assemblait rapidement ses menus objets de peinture.

Aimée ne s'aperçut point que tout était rentré dans une musette de toile, et que le pliant passé dans le bras du peintre, avait quitté l'herbe du chemin. Elle recommença:

— Il faut venir chez nous... demain, puisque vous ne partez que dans trois jours. Demain...

Mais il fuyait il n'était déjà plus auprès d'elle. Elle eut un petit « oh! » qu'il n'entendit pas. Elle restait là, immobile, à le regarder s'éloigner, à longues enjambées. Quand il fut à l'endroit du chemin où il devait prendre sur la droite, il s'arrêta, se retourna, lui envoya un long baiser.

Alors, Aimée eut très peur, et courut presque jusqu'aux premières maisons.

V

AIMÉE ne pouvait songer à cacher cette scène et à ne pas tout conter à ses grands-parents. Quand elle fut de nouveau dans les rues, elle se sentit essoufflée, et ralentit son allure. Elle était profondément troublée. Ce soldat, elle n'en doutait pas, était son père, ce Prosper Briet, tant de fois maudit par Mme Rivelois, cet homme dont l'inconduite avait tué la jeune mère d'Aimée.

Son père... Elle demeura longtemps sur cette unique pensée: elle avait rencontré son père. Il savait que c'était bien elle, et il ne pouvait douter qu'elle-même l'eût compris. Il avait ressenti une faiblesse, avait failli s'évanouir, devant la réalité, apparue soudain. Il avait tendu les mains vers elle; il avait eu ce cri: « ma petite! » Mais un effort de volonté avait arrêté la confidence qui s'échappait, tel un liquide mousseux fuse de la bouteille, dès que le bouchon se soulève un peu, qui le tenait captif et sans air.

Le père s'était arrêté, ressaisi. Il avait dû penser: « Je n'ai pas le droit; je dois me taire. » Et il s'était enfui comme un voleur, en lui disant seulement: « Nous ne nous reverrons plus! »

Aimée se disait bien qu'elle ne devait pas d'attachement à ce père qui avait abandonné son enfance et ne s'était jamais préoccupé d'elle. Et puis, on le lui répétait : la douce Alice, cette jolie maman dont Aimée voyait partout autour d'elle les gracieux portraits, était morte de chagrin, du fait de cet homme. Il est vrai que les grands-parents n'avaient point cherché à faire naître et croître la haine dans le cœur de la petite au sujet de son père. Ils préféraient ne lui en parler que le moins possible; aucun portrait de lui n'avait été mis devant elle. Tout lui demeurait donc inconnu, de cet homme dont le sang coulait dans ses veines, et dont malgré tout, elle portait le nom.

« C'est tout de même mon père », pensa-t-elle. Et comme elle se disait aussi que sa sympathie pour le soldat s'expliquait ainsi d'elle-même, elle vit M. Rivelois qui débouchait d'une rue, le chien Clairon en laisse sur son côté.

— Que portes-tu là? fit le grand-père en regardant le panneau, qu'elle tenait par un petit piton, et à distance de sa robe, à cause des couleurs fraîches.

Et comme il commençait:

— Ah! je devine!... il s'arrêta net, devant la bizarre figure de sa petite-fille, et ces mots qu'elle lui lançait, et qui sonnaient si extraordinairement:

— Oh! grand-père!... Ce peintre, c'est mon père!

Comme elle était émue, la petite Chérie-Aimée! Ce devait être bien sérieux, et combien grand'maman avait raison de ne pas aimer les conversations avec des inconnus!

La jeune fille s'était arrêtée. Ses nerfs, tendus, la rendaient vibrante. Elle répétait:

— Oh! grand-papa!

Mais une rue n'est pas un endroit favorable aux conversations tragiques. Et cette conversation-ci devait l'être, M. Rivelois le sentait.

— Voyons, dit-il, calme-toi. On peut nous remarquer. Rentrons chez nous.

— Je suis de service à l'hôpital.

— Alors, je te conduis. Donne-moi cette peinture, et parle-moi avec calme.

Ils se remirent à marcher, ne sentant aucun intérêt pour les gens et les choses qu'ils avaient sous les yeux. Chacun des deux avait la pensée tendue vers le même sujet.

Aimée disait :

— Regarde la signature du tableau : tu verras!

M. Rivelois tourna vivement le petit paysage, l'éleva à la hauteur de ses yeux.

— C'est ton nom, mais cela ne prouve rien, fit-il d'un ton volontairement indifférent. Tu ne vas peut-être pas t'imaginer que tous les Briet sont de ta famille!

Mais il disait cela sans conviction. Il savait bien que sa petite fille, personne raisonnable, devait avoir des motifs sérieux d'émotion. Et il attendait. Mais il dit d'abord :

— Pas un mot à ta grand'mère avant que je t'y autorise; tu connais sa sensibilité. Je ne l'ai guérie qu'en lui épargnant les émotions.

Alors, Aimée conta son histoire. Elle revint un peu sur les jours passés, sur cette attirance bizarre qu'elle ressentait pour cet inconnu dont l'âge ne pouvait plaire au sien. Elle n'omit pas ce que Mme Thirion lui avait dit, une heure plus tôt. Et enfin, elle narra la scène dont elle était encore si fort remuée.

— Ce doit être vrai, conclut M. Rivelois avec une grande tristesse. Cet homme passe de nouveau devant notre vie, mais il ne faut pas qu'il y rentre!

— Grand-papa, dit Aimée doucement, il semble bien malheureux, et si tu avais vu quelle douleur était dans ses yeux, en me regardant!

Le grand-père eut un sursaut, comme un recul, et il s'exclama sourdement:

— Comment! Tu voudrais le revoir!

Et il eut ce mot, d'une voix terrible:

— Jamais! Tu entends!

Aimée baissa la tête. Tous deux allèrent en silence, à travers la rue en pente où dévalaient ou bien grimpaient des uniformes.

— Si tu le rencontres, fit encore M. Rivelois, je te défends de même le regarder! Moi, je ne le reconnaîtrais sans doute pas, et ce doit être réciproque; j'ai vieilli si vite, au moment de nos malheurs! Mais nous voyant tous les deux, il n'hésiterait point. Ne le regarde donc pas!

Il semblait s'emporter un peu, ce bon grand-papa. Aimée murmura:

— Tu sais bien qu'il ne cherchera plus à me parler, puisqu'il ne veut plus me voir!

— Il fera bien, déclara M. Rivelois sur un ton qui parut à Aimée d'une dureté inaccoutumée.

Près de l'hôpital, le grand-père reprit:

— Alors, madame Thirion le connaît?

— Il paraît!

— Ça, c'est plus bizarre que tout.

Il ajouta, redevenu calme et confiant:

— Je trouve, moi, qu'il y a des choses obscures dans la vie de cette femme. Les dates qu'elle donne de son veuvage, certains détails sur l'enfance de son fils nous ont paru embrouillés, à grand'maman et à moi. Alors, ma chérie, ne sois pas trop intime avec madame Thirion. Nous la trouvons un peu frivole, et nous n'aimons pas cela pour toi. Et tu vois: elle connaît cet homme!

— Par elle, grand-papa, nous pourrons savoir des choses sur lui, observa Aimée.

— Garde-toi bien de l'interroger!

— Pas moi, mais vous deux grand'maman.

— Il est certain que je tiens à savoir comment elle le connaît et pourquoi elle le fuit, dit M. Rivelois. Mais ce sera peut-être difficile à élucider. Nous sommes des gens discrets, et nous avons l'horreur qu'on nous interroge nous-même.

Aimée semblait réfléchir:

— Tu sais, grand-papa, fit-elle tout à coup, elle m'a déjà exprimé sa surprise que je sois élevée par mes grands-parents, et qu'il n'y ait aucun portrait de mon père à la maison. Alors, tu vois, elle peut trouver que tout n'est pas clair non plus chez nous.

— Tu as raison, et ton objection est très juste, approuva M. Rivelois; mais nous ne devons de confidences à personne. Nos rares amis sont seuls au courant.

Ils étaient à la porte de l'hôpital, et virent tout de suite que Mme Thirion s'apprêtait à entrer. Elle s'adressait très vite à Aimée:

— Et alors, vous avez vu ce soldat?

Puis, se tournant rapidement vers M. Rivelois:

— Vous savez, monsieur, cette petite m'a désolée! Je tiens à vous dire qu'elle n'a pas tenu compte d'un excellent conseil que je lui donnais!

— Elle n'en aura pas senti l'importance, madame, répondit M. Rivelois en s'efforçant à sourire. Et il ajouta très vite, s'adressant à Aimée:

— A tantôt, mon enfant; ne te mets pas en retard.

Il tirait lui-même la cloche qui retentit fortement dans le silence de la cour. La lourde porte sombre s'ouvrit automatiquement.

— Vous venez? demanda Aimée en se retournant vers Mme Thirion.

Mais à la surprise de la jeune fille, cette dame répondait:

— Vous savez, pour ce que l'on me fait faire! Je puis bien ne venir que dans une heure, au moment du dîner.

Et elle ajouta, pour M. Rivelois:

— Si vous avez un instant, monsieur, je voudrais vous dire quelques mots.

— Je rentre chez moi et suis à vos ordres, madame, répondit le grand-père d'Aimée en regardant sa petite-fille, d'une façon qu'ils comprirent tous deux et qui disait: « Elle va-au-devant de nos désirs. Ce sera tôt fait: tant mieux! »

Aimée était entrée. La porte s'était refermée. Mme Thirion et M. Rivelois restaient seuls sur le trottoir.

— Nous pouvons causer en marchant, dit celui-ci.

Et ils se mirent à remonter vers les bois. Les jardins des villas ombrageaient de leurs murs tout un côté de la route. Mme Thirion n'attendit même pas que les passants fussent rares. Elle commença:

— Si je tiens à vous parler, monsieur, c'est que votre petite-fille m'inspire une grande sympathie et que je voudrais lui éviter des ennuis... ainsi qu'à vous.

M. Rivelois s'inclina. Son silence attendait la suite, et Mme Thirion continua:

— J'ai rencontré dans les bois un militaire qui peignait un paysage. Je sais que votre petite Aimée lui parle depuis quelques jours. C'est elle-même qui me l'a appris. Or, cet homme, je le connais, je sais ce qu'il vaut: j'ai conseillé à votre petite-fille de ne plus l'aborder. Elle n'en a pas tenu compte... et je veux que vous le sachiez.

Mme Thirion avait une certaine volubilité qui donnait quelque chose de sec et de haché à ses phrases. Elle n'avait plus son expression aimable, cet air banal et souriant des personnes qui veulent plaire, mais ne donnent rien d'elles-mêmes.

M. Rivelois répondit gravement:

— Ma petite-fille nous avait mis au courant, sa grand'mère et moi. C'est une enfant très droite, très franche, incapable de se cacher de nous. Elle n'avait qu'une idée, très innocente, comme vous l'allez voir: posséder ce petit paysage. Et l'artiste le lui a offert.

Mme Thirion eut un léger mouvement:

— C'est fort, par exemple!

En ce moment, M. Rivelois pensa que, sans doute, Mme Thirion ignorait le nom de famille d'Aimée. Ou n'avait jamais eu l'occasion de la nommer mademoiselle Briet. Il préféra qu'il en fût ainsi, et ne mit pas le panneau sous les yeux de la dame, bien que, évidemment, elle connût le nom qu'il portait.

M. Rivelois disait, toujours grave:

— Aimée a cru pouvoir parler à un soldat; en ce moment, on les aborde sans les connaître. Et, comme elle aime beaucoup la peinture, elle s'est intéressée à son travail. Je suis persuadé qu'elle n'a rien fait là de répréhensible, d'ailleurs, cet homme s'en va et lui a dit adieu; il est probable qu'ils ne se reverront jamais.

— Ah! il s'en va! reprit Mme Thirion.

Pendant un petit instant, elle se tut, comme si elle renonçait aux confidences. Même, en passant devant une villa au jardin fleuri, elle remarqua:

— Voici des gens qui ne mettent pas de haricots sur leur pelouse. La guerre ne les empêche point d'être élégants.

Et puis, tout-à-coup, d'un trait, elle débita:

— Je vous dirai tout, monsieur. Je veux que vous sachiez ma vie. Vous me croyez veuve, et je le suis en effet. J'ai perdu le père de mon fils. Mais j'ai eu la stupidité de me remarier, et j'ai dû quitter mon second mari... C'est ce soldat, ce peintre... un nommé Briet! Prosper Briet. Lui-même était veuf...

Le coup fut sensible à M. Rivelois, et il se disait cependant: « Que nous importe cette coïncidence? » Mme Thirion reprenait:

— Je n'ai pu vivre que deux ans avec lui. Il voulait entreprendre de grandes affaires et commençait à me manger ma fortune. Je ne suis pas un femme à risquer la misère! Alors, je suis retournée chez ma bonne mère, avec qui je suis toujours.

— C'est triste, murmura M. Rivelois. Mais cet homme a-t-il été malhonnête? N'a-t-il pas été scrupuleux en affaires?

— Oh! je ne dis pas cela! s'exclama Mme Thirion. C'est un impulsif, un emballé! Il m'adorait, en m'épousant. Et il rêvait de faire fortune, de s'associer mon fils.

— A-t-il été bon pour votre enfant? demanda encore le grand-père d'Aimée, car il désirait intensément ne pas être forcé de reconnaître que le père de sa petite chérie était un homme de rien. Avec la pauvre Alice, il le savait: c'était surtout un trop grande différence des caractères qui avait amené la brisure. Et puis, déjà, des goûts d'entreprises grandioses, des besoins d'argent, incompatibles avec la vie calme et sérieuse que voulait vivre la fille des Rivelois.

On arrivait au coin de l'avenue qui menait aux villas. Mme Thirion prit congé:

— Vous voyez, dit-elle; c'était intéressant. Nous en reparlerons, si vous voulez. Mais enfin... si cet homme est parti...

VI

M Rivelois pensait avec satisfaction que Mme Thirion ne pouvait deviner les liens qui unissaient sa famille à Prosper Briet. Rien de plus inutile de la mettre au courant. Mais il y mit tout de suite sa femme, en lui prouvant, pour bien la rassurer, qu'il n'y avait là qu'un très petit incident, absolument clos.

— Elle ne m'a fait cette confidence que par crainte de voir Briet venir chez nous, invité par Aimée, probablement. N'en parlons plus.

Mais Aimée y pensait, et voulait s'en occuper. Il était si ému!

— Qu'a-t-il pu avoir, dis-moi, grand-papa! Il me regardait avec une vraie tendresse!

Et, petite femme déjà avertie et capable d'éloigner un audacieux, elle ajoutait bien vite:

— Tu sais: de la tendresse comme toi; parce que autrement, je ne l'aurais pas enduré!

Compatissante, elle disait encore:

— Il m'a dit qu'il est seul dans la vie; mais peut-être a-t-il perdu une fille à qui je ressemble!

La phrase innocente parut à M. Rivelois d'une profondeur vraiment impressionnante. Quels effluves mystérieux allaient de cet homme à son enfant et d'elle vers lui? Fallait-il croire à la voix sourde et méconnaissable, mais pourtant si forte du sang? Cet homme, ce Briet, savait-il que la petite était sa fille? Avait-il été renseigné après leur première rencontre?

Un peu d'agitation passa dans la vie paisible et transparente d'Aimée. Désormais, elle s'éveillait, vivait et s'endormait en pensant à autre chose qu'à la guerre, à ses héros, à l'avenir heureux, avec grand-papa, grand maman, le bon Clairon, les chats familiers, le jardin avec ses fleurs, de jolies petites robes, une vie de bonheur juvénile et sans choc, loin des rafales qu'amènent les trop grandes joies et les chagrins. Elle essayait de parler du sergent Briet. Elle voulait qu'on admirât le petit paysage qui attendait, au salon, d'être encadré.

— Il doit y avoir une sympathie dans ce fait qu'on porte le même nom, quoique n'étant pas de la même famille, disait-elle. Mais sa grand'mère ne pouvait souffrir qu'elle s'attardât à ces réflexions ni au souvenir du militaire. Elle tremblait que sa Chérie-Aimée apprît le secret de ce nom, et le lien que la nature avait noué entre elle et cet homme. Il fallait qu'Aimée le crût toujours un étranger pour elle. Il fallait qu'elle ne le revît jamais!

— Ne retiens de tout cela que ce qu'a dit Mme Thirion, répétait-elle. Cet homme ne vaut pas que tu penses à lui; il est indigne de ton amitié.

Les voisines, depuis ce jour, cependant, furent moins assidues à la villa, et les Rivelois, de leur côté, se sentirent moins attirés chez les deux femmes. Aimée reprochait secrètement à Mme Thirion de l'avoir empêchée d'entreprendre la connaissance plus complète avec Briet. Après tout, elle pouvait bien ne pas se mettre en travers du goût d'Aimée, et ne pas effrayer la prudence du grand-père en lui parlant du soldat. Si elle le détestait, c'était son affaire à elle, non celle des Rivelois pour qui, certainement, il se fût montré charmant. En ce jour où Mme Thirion avait cru devoir parler, le peintre était encore à Montmorency. Aimée eût pu décider ses grands-parents à se rendre avec elle à l'hôpital du sergent, à l'inviter pour ses adieux, à lui faire promettre qu'on se reverrait après la guerre.

Maintenant, c'était fini: l'inquiète prudence

de Mme Rivelois avait été déclanchée, on n'en
sortirait plus, et ce pauvre Briet aurait bien
de la peine à franchir le seuil familial, ainsi
qu'Aimée l'avait tant souhaité.

Quelques jours plus tard, un beau matin, à
l'heure du premier déjeuner, Adrien Thirion
arriva en permission de détente, un peu plus
tôt qu'on l'attendait. Sa mère ne vivait plus.
Chaque nuit, elle le rêvait ensanglanté, déchiré
par la mitraille. Enfin, elle le tenait, pour
six jours presque complets... A chaque permission, il en était ainsi: elle était folle pendant
les dernières semaines, pendant le séjour de
son fils. Puis, lui reparti, elle demeurait
comme prostrée pendant quelques jours. On
la trouvait alors subitement vieillie. Et la vie
reprenait son train.

Aimée sortait de la villa, le matin, comme
Adrien quittait celle de sa mère. Elle entrevit
la belle ligne bleu tendre que formait sur
l'air transparent le jeune officier grand, svelte,
alerte et musclé. Elle répondit avec un sourire
— ce sourire qui s'adressait à l'armée tout
entière — au salut militaire un peu raide
qu'elle recevait du voisin. Toute légère, elle
disparut, plus heureuse, toute gaie.

Mme Thirion et sa mère vinrent, à l'heure
du café, présenter leur cher brave à la famille
Rivelois.

— C'est sa dernière permission du front.

Pour cette fois, les prophéties devaient s'accomplir. Adrien fut trouvé charmant et même
un peu plus que cela. Mme Rivelois pensait
que l'épithète « charmant » suffit. Mais son
mari l'appréciait trop banale pour caracté-
riser toute la personne physique et morale
d'un garçon aussi bien qu'Adrien Thirion.

— Il a tout pour lui, ce gaillard-là! Tout,
même une jolie tournure et un visage sympathique.

Bien qu'Adrien se fût montré réservé et
même froid envers elle, Aimée manifesta un
ingénu enthousiasme. Elle ne cachait jamais
son sentiment:

— Comme il me plaît, grand'papa! Comme
j'aimerais un tel mari!

— Ne pense pas à cela, ma chérie. Ne vois
en Adrien qu'un jeune ami de guerre.

— C'est bien dommage! Il me plairait tant!

— Tu sais que tu ne seras pas assez riche
pour épouser un officier. Il faut une belle fortune, pour faire figure dans l'armée. Et puis,
tu es trop jeune pour que nous songions à te
marier. Tu ignores la vie, et le mariage t'ap-
paraît comme une fête de tendresse, de joies
infinies et perpétuelles. Il faut être un peu
plus âgée, pour en comprendre tout le sérieux
et même les peines, et les accepter d'avance
courageusement.

Aimée fit la moue:

— Je sais bien qu'on ne rit pas toujours,
grand-papa. Je t'assure que je serai une
femme d'intérieur, très sérieuse, une mère de
famille...

M. Rivelois l'embrassa. Il le savait bien lui,
que sa chérie ne voudrait pas trop attendre
l'oiseau rare, et que, courageuse et raisonnable, elle désirerait, de bonne heure, partir
pour la longue route de la vie, la main dans

celle d'un bon compagnon que son cœur seul
aurait discerné.

Son cœur! C'était bien la terreur de la
grand'maman. Elle le sentait tellement vibrer
et palpiter depuis l'enfance! Comme il était
tendre, et cependant fier! La pauvre Alice, en
mourant, avait laissé d'elle ce portrait charmant, plus beau même que le modèle: sa fille.

Le surlendemain, il y eut une invitation
qu'on n'osa refuser. La vieille dame Hélier,
toute regaillardie sous sa mantille noire, vint
elle-même la formuler:

— Un petit déjeuner en famille, demain...
Rien que vous et nous: en l'honneur de notre
Adrien.

On invitait la veille, sans aucun protocole...
Il y avait à la maison un permissionnaire: on
voulait le faire voir et admirer!

Aimée le regardait, sans hypocrisie, avec
une réelle admiration. Elle pensait aux soldats
qu'elle voyait à l'hôpital, blessés, mutilés au
hasard du canon. Comme celui-ci était beau!
La guerre ne l'avait pas abîmé!

Puis, elle s'attristait: une si belle tête, tant
de force et de vivacité, ce beau regard lim-
pide... Une balle, un éclat, et tout cela pouvait être détruit.

Il lui sembla tout-à-coup qu'elle l'aimait, sans
nulle idée romanesque, là, simplement comme
un précieux objet qui va être exposé dans des
mains imprudentes. Dans huit jours, il serait
rentré dans la fournaise, peut-être mort...
Plus rien ne vivrait de sa jeunesse.

Il lui souriait. Il était simple, sans cette
sorte de repli sur soi-même qui fait qu'on ne
cherche pas à se montrer tel que l'on est, qui
veut tromper les autres, en somme, car c'est
surtout cela que l'on fait dans le monde.

Au dessert, Aimée eut un étrange serrement
de cœur, quand son grand-père porta la santé
du jeune officier, celle de tous nos héros, et
celle de la France qu'ils honoraient avec tant
d'éclat. Il but à la victoire prochaine, aux
espoirs magnifiques. Mme Thirion eut cette
phrase, sur un ton navré:

— Hélas! Monsieur! que de vies seront
encore fauchées, avant cette victoire!

Mais Adrien riait, de ce beau rire large qui
montre la double rangée des dents saines et
admirablement tenues. La vie!... Certes, on
y tient!...

— Mais on n'y pense plus, là-bas, et l'on
meurt tout naturellement!

De nouveau, Aimée le regardait. Elle se ras-
sasiait de sa vue; elle en emplissait tout l'ap-
pareil de ses jeunes yeux, qui prenaient la
couleur des ciels profonds, aux heures du
zénith.

En quittant les Thirion, elle ne voyait plus
que lui. Adrien restait là, devant elle, comme
tout à l'heure, appuyé à ce bahut, dans le
vestibule de sa mère, au moment où les Rivelois prenaient congé. Elle entendait sa voix:
une belle voix pleine, qui devait faire merveille dans le commandement, une voix qui
montait avec des inflexions sonores, mais
douces à l'oreille. Elle pensa que s'il chantait,
il devait être plus ténor que baryton, mais
ténor aux notes vibrantes et solides qui sortent

de la poitrine, aux puissants pectoraux, et non pas de la tête, artificiellement. Elle eut plaisir à s'attarder dans sa chambre, à y demeurer seule. Elle ferma les yeux; elle le voyait, elle l'entendait.

— Ce jeune homme est vraiment très bien, concédait, ce même soir, Mme Rivelois. Mais, d'un ton prudent et tout plein de réserves sous-entendues, elle ajoutait:

— Cependant, nous ne devons pas l'attirer chez nous.

Grand-papa fut de cet avis, parce que, certainement, les parents d'une jeune fille doivent agir avec tact et mesure. Pourtant, comme à l'ordinaire, il discuta l'opinion toujours excessive, de sa femme.

— Tu oublies, ma bonne amie, que le protocole n'existe plus et que les soldats qui arrivent du front sont tous nos frères et nos fils. On les aime; on les reçoit sans les connaître; on les embrasse!

Mme Rivelois eut un mouvement offusqué:

— Tu trouverais tout naturel que notre petite Aimée embrasse ce jeune homme?

Elle paraissait si naïvement abasourdie que son mari se prit à rire et la taquina:

— Eh bien! fit-il, oui, tout de même! Si c'était fait comme je le pense, franchement, de tout cœur, je n'y verrais aucun inconvénient! Ce n'est pas un homme, qu'elle embrasserait, mais quelque chose comme notre drapeau!

— Alors... si tu le vois ainsi...

Il fut convenu le même jour qu'on rendrait leur politesse aux Hélier-Thirion sans tarder. Le vieux M. Hélier, qu'on appelait oncle Antoine, plaisait tout spécialement à M. Rivelois. Il observa qu'Adrien semblait un neveu très aimé, que la vieille dame était une mère chérie et honorée, mais que Mme Thirion était une sœur plus supportée que vraiment chère.

— Elle est bien trop coquette pour plaire à un homme sérieux, fût-elle sa sœur! prononça Mme Rivelois.

Le temps passait. A peine si les permissionnaires si attendus étaient arrivés, qu'il fallait parler du départ. Adrien avait dit:

— Il ne faudrait pas rester trop longtemps: on s'amollirait! Et son œil énergique se posait au loin, dans l'habitude l'examiner l'horizon.

L'invitation fut lancée le lendemain matin pour le jour suivant et acceptée avec un plaisir évident.

L'après-midi, comme elle passait près du vieux pont de pierre dont elle possédait maintenant l'image, elle fut sur le point de pousser un cri, car elle se trouva à quelques pas d'Adrien. Il sourit tout de suite, l'air heureux:

— Je vous ai fait peur!

— Pas du tout. J'ai été surprise.

Et toute franche, toute simple, elle ajoutait:

— Très agréablement.

Aimée avait échappé à l'éducation grand-maternelle en ce sens qu'elle n'avait pas assimilé certains principes d'hypocrisie mondaine que sa grand'mère, femme d'autrefois, eût voulu lui inculquer. Il est certain qu'une plus grande liberté étant donnée aux jeunes filles, celles-ci n'ont plus que faire des ruses et des détours qui faisaient merveille jadis. Les moins bonnes de ces jeunes filles les emploient encore à leur avantage, tout en les transformant aux mœurs actuelles; mais les meilleures, dont Aimée faisait partie, les ont totalement repoussées. Elles les ignorent. Elles regardent bien en face et parlent nettement, sans que rien de leur grâce chaste y perde.

Et c'est pourquoi Aimée ne voulait point cacher à Adrien qu'elle était heureuse de leur rencontre. Lui, aussi franc, aussi « tout droit » qu'elle, ripostait, sans galanterie, sans œillades équivoques:

— Moi aussi, je suis content!

Et ils se serrèrent la main.

— Vous déjeunez demain à la maison! dit Aimée, c'est bien aimable d'avoir accepté.

— Et c'est bien aimable à vous de nous inviter; répliqua Adrien.

Puis elle lui demanda s'il irait à Paris, pendant sa permission:

— Une ou deux fois ou plus, répondit-il. Il n'y a rien qui m'y attire beaucoup!

— N'allez pas vous faire tuer par la grosse *Bertha!*

Il rit:

— Voilà qui serait stupide, d'être tué de si loin, quand je ne l'ai pas été de près!

Elle remarqua tout haut qu'il avait rebroussé chemin pour marcher avec elle.

— Je vous conduis où vous allez! fit-il avec un air tendre et sincère qui semblait sûr de lui, certain d'être bien reçu.

Avant de quitter le bois, ils s'arrêtèrent. La grande avenue était déserte. L'odeur des feuilles chaudes, des mousses que l'été séchait, arrivait jusqu'à eux. Adrien regarda bien droit Aimée:

— Croyez-vous qu'on se plaise tout de suite, au premier coup d'œil? demanda-t-il, ou pensez-vous qu'il qu'il faut à cela beaucoup de temps?

Elle répondit à la question par une autre:

— Et vous?

Mais lui, riant, insistait:

— Ah! ce n'est pas de jeu! vous ne répondez pas! Dites-moi d'abord votre avis; vous saurez ensuite le mien.

La petite eut une jolie lueur bleue dans ses yeux verts qui semblaient plus verts sous les arbres. Elle rosit de joie en disant:

— Je ne m'étais jamais interrogée là-dessus; mais je crois maintenant qu'une très grande sympathie peut naître en un instant. Et vous?

— C'est absolument mon opinion!

Ils se remirent à marcher en disant des riens. Aimée eût voulu lui parler de Briet et du petit paysage, et de sa mère à lui, qui connaissait ce soldat, et aussi de son intervention intempestive. Mais soudain, la belle voix d'Adrien reprenait à peine hésitante:

— Nous nous battons tous pour la France, certes! mais presque chacun de nous a dans son cœur un doux nom gravé, qui le soutient aux heures trop sombres. Voulez-vous me permettre que pour moi, ce soit le vôtre?

Aimée sentit monter en elle une sorte d'allégresse divine. Elle ne se souvint pas d'avoir été si heureuse encore. L'air devint embaumé; des chants harmonieux l'enveloppaient, et le

ciel, certainement, avait une nuance jusqu'à-
lors inconnue.

Cependant elle pensa à sa grand'maman
qui fit sans le savoir, le rôle de rabat-joie,
et elle répondait avec une petite moue:

— Ma grand'mère n'a jamais voulu que je
sois marraine de guerre...

Adrien l'interrompit avec un peu de brus-
querie:

— Je ne suis filleul de personne et ne vous
demande pas cela! Je voudrais voir en vous
une chère petite fiancée!

Cette fois, le petit cœur battit. Fiancée! Mais
alors...

— Alors! fit-elle doucement, presque hum-
blément, alors, vous m'aimez donc?

— Depuis notre première rencontre! s'écria-
t-il avec feu. J'ai compris que c'était vous que
mon cœur attendait!

Et d'un ton pénétré, il lui contait:

— Que de fois, sur le front, j'ai souhaité
d'avoir au cœur un amour! Combien je regret-
tais de ne pas en posséder un depuis le jour
du départ! Alors, je rêvais à celle que j'aimerais, et, à chacune de mes permissions, j'espérais la trouver et retourner là-bas le cœur
plein d'elle. Mais, je rentrais toujours tranquille, libre... et triste. Quand je vous ai vue,
il y a trois jours, je me suis dit: « elle est
arrivée! »

Aimée écoutait dans le ravissement. Elle
était aimée! Et elle aussi, dès le premier jour,
elle avait regardé Adrien avec bonheur! Elle
murmura, comme rêvant:

— Oh!.. si vous étiez tué, maintenant! Comment vivrais-je?

Il eut une exclamation de joie:

— Vous m'aimez!

Ils se regardèrent bien en face:

— Oui, dit Aimée sans hésiter.

Adrien s'approcha d'un arbre, l'un des derniers avant l'entrée parmi les habitations. Il
prit dans sa poche un canif et grava sur
l'écorce une date:

— Vous la regarderez chaque fois que vous
passerez là, dit-il. C'est la date de notre serment.

Et il prononça encore:

— Toujours! entendez-vous? toujours!

VII

AVANT de se quitter, ce jour-là, ils s'étaient
promis de ne pas garder chacun pour
soi leur cher secret. Point de cachot-
teries aux parents; pas de fiançailles
secrètes, de tête-à-tête mystérieux ar-
rachés à la vigilance des familles. Aimée avait
tout de suite déclaré:

— Je vais tout conter à grand-papa et à
grand'maman.

Et Adrien dit de même:

— Et moi, à ma mère!

Puis, enivré de joie:

— S'ils le voulaient tous, ce dîner de demain
pourraient être notre repas de fiançailles!

Aimée se sentait légère et prête à s'envoler
vers l'azur. Un aéroplane qui passait au-dessus d'eux, très haut, ronflant de façon lointaine, leur fit lever la tête ensemble. Adrien
exaltait:

— Etre là-dedans, nous deux! Monter! monter dans l'air pur!

Sur le bord du chemin, il aperçut une fleurette dorée, une de ces petites renoncules qui
rampent tout l'été dans les plus mauvais ter-
rains. Il la cueillit, y posa ses lèvres avec ferveur, la tendit à Aimée. Elle la prit et la
posa, étalée avec soin, entre les pages d'un
carnet qu'elle sortit de son sac. Elle ne dit
rien; mais ses yeux cherchaient une fleur
pareille et la découvrirent sans peine. Elle fit
comme avait fait Adrien. Et lui, à son tour,
coucha la fleurette d'or dans une case de son
portefeuille.

— Notre premier souvenir!

Adrien, le cœur plein de bonheur, rentra
chez sa mère pour lui conter vite sa joie. Mme
Thirion était sortie. Alors, il fit sa confidence
à sa grand'mère et à son oncle. Celui-ci, aux
premiers mots, l'arrêta:

— Ta mère ne voudra jamais. Tu ignores
qui est cette petite. Charmante, certes, de
famille très honorable, oui. Mais vois quelle
coïncidence! Elle se nomme Briet... Aimée
Briet.

Adrien le regarda, très surpris:

— Que fait son nom, oncle Antoine? C'est un
nom très répandu...

— D'accord. Mais ta mère a voulu savoir, et
elle a su. Elle a surmonté sa répugnance à la
curiosité, et elle a demandé tout net à madame
Rivelois quelques détails. Tu conviendras
qu'étant donnés l'âge de cette enfant et son
nom, d'une part, le nom de sa mère et la date
de sa mort d'autre part, il est bien certain
qu'Aimée Briet est la fille du second mari de
ta mère, celui dont elle est séparée.

Le visage d'Adrien s'était assombri. Ce fut,
pourtant, sur un ton ferme qu'il reprit:

— Qu'importe? Cela n'est d'aucun obstacle
entre nous! Elle n'a pas à revoir ce père indigne. Et moi, je l'aime, vous entendez, mon
oncle! Si ma mère n'est pas de mon avis, moi,
je ne pourrai me ranger au sien!

— Autant dire que tu passerais outre!

— Probablement! J'aime maman de toutes
mes forces; mais elle ne peut m'empêcher
d'être heureux pour des raisons qui lui sont
strictement personnelles.

— Elle te dira que tu vas vers ton malheur,
parce que cette jeune fille peut tenir de son
père. Et tu sais si ta mère a gardé de cet
homme un bon souvenir!

— Tous ceux qui se marient courent des ris-
ques, riposta Adrien d'un ton énergique. Se
connaîtrait-on depuis longtemps, qu'on s'em-
barquerait encore pour l'inconnu. Mais avec
l'Amour comme pilote, on peut tout de même
avoir confiance.

Pendant qu'il attendait le retour de sa mère,
Aimée, dans l'hôpital, trouvait le temps long.
Elle regardait sa montre, pour voir se rap-
procher l'heure où elle aurait le droit de partir.
A la hâte, elle s'enfuit, rentra par le plus court,

à travers une ruelle un peu raide qu'on ne prenait jamais, car elle passait entre des murs tristes et des pignons sans fenêtres.

Mme Rivelois et son mari étaient assis au jardin, dans des fauteuils d'osier. Le chien Clairon, entre eux deux, faisait de courts sommes qu'il interrompait pour ouvrir tantôt un œil, tantôt l'autre, selon qu'il voulait regarder vers son maître ou vers sa maîtresse. Ses babines se décollaient parfois avec un bruit creux pour attraper quelque bestiole volante. Il fut le premier à entendre s'ouvrir la grille de la rue, et son devoir l'obligea à quelques aboiements peu convaincus. Mme Rivelois sursauta. Mais Clairon s'était levé, l'œil joyeux, le nez humide, et, remuant le panache fier de sa belle queue, il allait au-devant d'Aimée.

La jeune fille marchait vite. Elle soufflait un peu. Elle s'assit entre ses grands-parents:

— Il faut que je vous raconte!

Ce fut bientôt fait, bientôt dit. Mais il y avait cette petite phrase de la fin, qui concluait le récit, lui donnait tout son sens:

— Nous sommes fiancés, voilà tout!

Et, toute pleine d'égards, elle ajoutait:

— Naturellement, avec votre consentement. Mais vous serez de mon avis, n'est-ce pas?

Ces mots parurent énormes aux grands-parents, mais surtout à la grand'mère. Elle posa son ouvrage, fit sauter de son nez son binocle en faisant une petite grimace qui lui était coutumière et regarda non pas Aimée, qui s'y attendait, mais M. Rivelois, lui-même assez stupéfait:

— Que dit-elle? Vous entendez?

Sans répondre, le grand-papa s'adressa à sa petite-fille:

— Explique-toi mieux, ma chérie, et, surtout, calme-toi. Tu es vraiment surexcitée, pour employer des mots aussi exagérés.

Aimée sentit le piège: on feindrait de ne pas la croire! Alors elle reprit sa petite et ravissante histoire, d'un ton plus posé, avec des mots choisis dans le vocabulaire des gens raisonnable, qui gardent en tout la mesure. Mais quoi qu'elle fît, elle en arrivait à la même conclusion:

— Nous nous marierons! Nous sommes fiancés! Dites-moi que vous voulez bien...

Mme Rivelois avait pâli. Son pauvre visage de crainte, griffé de rides par le chagrin plus que par l'âge, se tendit douloureusement. Elle eût ce cri étouffé, d'une voix que l'émotion faisait rauque:

— Jamais! tu entends! Jamais nous ne te laisserons épouser ce garçon-là!

Comme les yeux clairs d'Aimée s'emplissaient de larmes, et que son grand-père n'avait jamais pu la voir pleurer, il corrigea la dureté et le définitif de la sentence:

— C'est à dire, prononça-t-il, que nous croyons qu'il vaut mieux pour toi y renoncer, ma chérie! Nous ne le connaissons guère, ce jeune homme, et tu sais que sa mère ne plaît pas trop à grand'maman!

Mme Rivelois s'adressait à son mari:

— Il faut lui dire ce qu'est cette femme: non pas une veuve, comme elle le laisse croire, mais une femme séparée de son mari!

Aimée, déjà documentée, protesta:

— Elle est veuve du père d'Adrien, en tout cas, car il m'a conté la mort de ce père qu'il a bien connu!

— C'est probable. Mais elle ne s'en est pas moins remariée pour quitter ensuite son mari, et ce second mari vit encore. Elle a confié cela à ton grand-papa, dernièrement.

— C'est regrettable, pour elle surtout, dit Aimée d'un ton rassuré. Mais tu avoueras grand'maman, que cela n'est vraiment pas un obstacle au mariage de son fils.

— Naturellement, concéda M. Rivelois. Mais la grand'mère, outre qu'elle ne peut souffrir les ménages désunis, craint que le fils, élevé par cette mère, ait la même manière qu'elle de considérer le mariage.

— Je jurerais que non! grand-papa! s'exclama Aimée avec une grande conviction. Et, naïvement, elle ajouta:

— Je le lui demanderai bien, moi, et il connaîtra toutes nos idées!

Mme Rivelois n'avait pas d'arguments sérieux à opposer. Elle sentait l'inanité de ses griefs. Elle aurait voulu dire à sa Chérie-Aimée:

— Le second mari de cette femme, c'est ce Briet qui t'a donné le petit tableau! Et cet homme, c'est ton père!

Mais elle devinait qu'Aimée, avec son cœur si spontané, lui répondrait: « Oh! le pauvre homme! Comme je voudrais pouvoir l'aimer! »

Et quel obstacle réel pouvait-il y avoir là au bonheur de la petite? En quoi ces coïncidences dominaient-elles les mérites d'Adrien, et permettaient-elles de le repousser?

Aimée pleurait doucement, une main sur la tête du bon chien qui, la devinant triste, était venu poser son doux museau sur son genou. La jeune fille murmurait:

— Nous nous aimons, ce n'est pourtant pas mal, puisque nous ne nous cachons pas. Il m'a promis de parler à sa mère sans tarder, comme je vous parle moi-même. Nous n'avons pas voulu faire comme tant d'autres...

M. Rivelois, le premier, comprit le péril.

Les jeunes gens, aujourd'hui, il le savait, arrangent souvent leur vie en dehors des parents et viennent ensuite les mettre en présence d'un fait accompli. La loi, en simplifiant les formalités, en diminuant l'autorité familiale, donne raison aux enfants. Les jeunes hommes veulent bien prendre la peine d'annoncer leur mariage à leur père et à leur mère avant de le faire savoir à d'autres. Et les jeunes filles présentent le jeune homme à papa et à maman avec ces mots: « Mon fiancé! » Et c'est là que s'arrêtent les égards. Ceux qui échappent à cette nouvelle habitude sont les jeunes prévoyants de l'avenir qui se reposent sur leurs parents du soin de leur découvrir un bon parti. Les autres, ceux à l'ancienne mode, qui sont tout de même encore plus nombreux qu'on le pense, souffrent quand leurs parents veulent faire sentir leur autorité... Aimée devait bien savoir cela.

Ainsi pensait M. Rivelois qui, prudemment, prononça:

— Écoute, ma chérie, tu es bien jeune. Tu

sais combien nous avons regretté que ta pauvre mère se soit mariée si tôt.

Aimée le regarda en répondant tranquillement:

— Nous ne nous marierons qu'après la guerre, bien sûr!

— Mais elle va finir, la guerre! se récria Mme Rivelois, comme si elle déplorait la fin probable du grand cataclysme.

— Enfin, dit le grand-père, nous disons des choses inutiles, pour l'instant. Nous n'avons qu'à attendre la visite de Mme Thirion.

Comme si la cloche de la grille n'attendait que ce mot pour résonner, on l'entendit vibrer dans le silence. De nouveau, Clairon aboya, mais avec plus de conviction, cette fois.

Tous trois eurent la même pensée: « C'est elle! » M. Rivelois se leva, alla vers le portail qu'un bosquet leur dissimulait. Il se trouva tout simplement devant la bonne de Mme Thirion qui lui remettait une lettre:

— De la part de Madame. Il n'y a pas de réponse.

M. Rivelois rejoignit sa femme et Aimée. Il ouvrit le pli et lut à mi-voix:

Chère Madame,

Une affaire des plus sérieuses nous appelle tous à Paris d'urgence et nous y retiendra quelque temps. Veuillez bien nous excuser pour demain et croire à mes sentiments les meilleurs.

M. Thirion.

VIII

ORSQU'ON entre dans un endroit obscur en sortant d'une vive lumière, on le trouve plus noir encore qu'il l'est réellement.

Aimée, après ces quelques jours rapides vécus dans l'éblouissement du bonheur le plus complet, ne voyait plus clair autour d'elle. La stupeur l'avait figée; puis, un froid mortel avait achevé de suspendre sa vie. Elle en accomplissait, comme absente, les quotidiennes formalités. Elle n'éprouvait même pas le désir de parler. Elle allait et venait, ne pouvant rester immobile, mais cependant oisive et sans but.

Mme Rivelois, des trois habitants de la villa, c'était la plus et même la seule satisfaite, et l'attitude blessante de Mme Thirion la rendait triomphante:

— Tu vois, répétait-elle à Aimée, tu vois, ma petite chérie, ce que c'est que ces gens-là! Au moment où nous pensions à les éconduire, c'est eux qui nous lâchent!

Cet évènement imprévu servait si bien sa cause, qu'elle en oubliait de se froisser, comme elle eût dû le faire, du départ si éloquent des Thirion:

— Tu ne vois pas l'affront, lui reprochait son mari. Tu ne retiens que ceci: Aimée sera forcée de renoncer à Adrien, puisqu'il renonce à elle!

— Il n'y a que cela qui m'intéresse vraiment, disait la grand'mère. Notre enfant passe

avant tout, et je suis trop heureuse de gagner son bonheur par le sacrifice de notre amour-propre.

Mais M. Rivelois n'était pas de son avis. Si l'opinion des autres lui était assez indifférente, s'il aimait avant tout sa liberté, il était cependant très exigeant sur la question des égards, des considérations que son âge et son honorabilité lui devaient assurer. Quand les gens nous attaquent à visage découvert et à haute voix, on peut se défendre et leur répondre de manière à garder toute sa dignité.

Mais cette excuse mal définie; ce prétexte qui montre la vérité sans la dire, mais s'arrange pour que l'on comprenne, c'est quelque chose que je ne supporterai pas. Il ne me convient que très peu qu'une madame Thirion dont la vie, certainement, n'est pas plus honorable que la nôtre, le prenne sur ce ton avec nous.

Aimée, cependant, se ressaisit très vite. Elle comprit que le temps la pressait, que la permission d'Adrien allait se terminer, et qu'en restant prostrée à la maison, il n'y aurait la moindre chance de le rencontrer. Or, elle voulait le voir.

— Vous ne voulez pas m'empêcher d'essayer de lui parler, disait-elle.

M. Rivelois donnait volontiers l'autorisation. Il devinait confusément qu'Adrien ne devait pas être du même avis que sa mère. Mais Mme Rivelois se récriait:

— Une jeune fille comme toi ne court pas après un jeune homme. Tu n'as qu'à passer sans même le regarder, si tu le trouves sur ton chemin.

Son mari apprécia qu'elle exagérait, et l'opinion d'Aimée ne fut pas celle de la bonne dame:

— Si nous nous rencontrons grand'maman, c'est lui qui viendra vers moi, j'en suis certaine!

En attendant, la villa voisine était fermée, triste et silencieuse comme une maison inhabitée qu'elle était devenue. La domestique avait été emmenée; les fauteuils d'osier qu'on voyait autour du perron, avaient été rentrés, comme on le fait aux premiers jours de l'automne, quand on abandonne les villégiatures estivales.

Dans le tête-à-tête, M. et Mme Rivelois avaient échangé des impressions qu'ils voulaient cacher à leur petite-fille.

— Adrien, en apprenant que notre Aimée est la fille du second mari de sa mère, a peut-être reculé! Ce serait le pire pour nous.

— Je ne vois pas, moi! disait la grand'maman.

— C'est pourtant bien simple: Aimée aurait un tel chagrin que sa vie et la nôtre seraient finies.

Mme Rivelois sentait bien que son mari devait dire vrai. Elle se rappelait sa fille, la pauvre Alice trop aimante pour survivre à son amour.

— O mon Dieu! gémit-elle; est-ce qu'il faudra encore souffrir! Moi qui espérais tant que c'était fini!

Aimée, de son côté, réfléchissait. Il était bien certain qu'Adrien devait chercher à la revoir, et même qu'il ne pouvait faire rien de mieux que de venir chez M. et Mme Rivelois, et s'expliquer franchement avec eux. « Il ne peut s'en aller ainsi... S'il s'en va, alors, il ne m'aime pas. »

Avant-hier, cependant, il lui jurait de l'aimer toujours; il gravait sur le tronc d'un arbre la date de leur serment, et il lui offrait cette fleurette sur laquelle il avait posé ses lèvres et murmuré les mots éternels. Avant-hier... Il ne pouvait avoir changé si vite. Quelque chose s'était produit. Sa mère, certainement, s'était dressée entre eux. Pourtant, si bon fils qu'il soit, est-ce que vraiment un grand garçon de cet âge et de notre époque se soumet si vite et si absolument à la volonté maternelle? Un officier de la grande guerre, à peine échappé pour quelques jours de la fournaise et prêt à s'y engouffrer de nouveau, était-il un fils si rigoureusement obéissant?

Comme elle allait, ce second jour, vers la fin de l'après-midi, à l'hôpital, elle vit Adrien dans la rue. Il semblait plutôt attendre que marcher, sans vouloir aller plus loin. Il l'aborda vivement, le visage ému, déjà comme pâli:

— Je vous attendais! Je n'osais bouger. J'ai demandé à votre hôpital si vous y veniez tantôt, on m'a dit que oui, et je suis resté là...

— Il fallait monter chez nous! dit-elle rapidement.

Puis elle demanda, anxieuse:

— Vous vouliez me voir... pourquoi?

Ils se regardèrent, très émus tous les deux.

— Pour vous prier d'excuser ma mère, répondit Adrien d'une voix qui se raffermissait. Comme vous devez tous lui en vouloir! Et, pour vous dire que tout cela aura une fin, et qu'il ne faut pas douter de moi!

— Alors vous, vous n'avez pas changé!

Les yeux du jeune homme répondirent pour lui.

— Je vous ai donné ma vie dans un mot; je ne changerai plus, prononça-t-il avec simplicité et énergie.

L'heure pressait Aimée. Elle proposa:

— Montez à la maison. Attendez-moi en causant avec mes parents. Il faut que vous leur parliez.

— Demain matin... demain... J'ai tant à vous dire!

— Quand repartez-vous?

— Après-demain soir.

— Votre mère ne reviendra donc pas?

— Sans doute que non. Je crois qu'elle veut aller en Bretagne. Mais je l'ai prévenue: je passerai ma prochaine permission à Paris...

— Oh!... Ne vous fâchez pas avec elle!... Mais que lui avons-nous fait?

— Demain, nous débrouillerons ensemble la question.

Ils convinrent de l'heure où ils se rencontreraient, près de l'arbre qu'Adrien avait marqué.

Aimée, le soir même, conta sa rencontre à ses grands-parents. Il y eut une grosse émotion, et comme un peu de colère chez Mme Rivelois. Recevoir le fils de cette femme lui paraissait inconcevable. Ce n'était pas de sa faute, sans doute, si sa mère agissait injurieusement envers eux; mais on sait bien que les enfants supportent les fautes de leurs parents. C'est peut-être injuste; mais c'est la vie.

— Et l'on sait que c'est par prudence, qu'on agit ainsi envers eux. Ils sont les enfants de ces gens-là; donc ils doivent tenir d'eux. Et ils ont été élevés dans leurs principes, naturellement.

Cependant, elle dut se rendre aux bonnes

Aimée pleurait doucement
une main sur la tête du bon chien (p. 15).

raisons de son mari. Elle avait les plus grands égards pour ses paroles et la plus absolue confiance en ses actions. Elle était l'épouse modèle d'autrefois, à qui la religion et la loi ont dit: «femme, obéis à ton époux!» Certes, elle gardait toute sa liberté de langage et d'opinion et ne craignait pas de discuter avec un mari qui ne lui avait jamais fait sentir son autorité et n'avait en aucun temps excipé de ses droits. Elle savait bien toute l'influence qu'elle avait eue et qu'elle avait encore sur ce mari qui la laissait reine et maîtresse dans la maison, qui la respectait, l'honorait, tenait toujours compte de ses avis et n'eût jamais permis que l'on manquât d'égards à cette compagne aimée et estimée. Mais d'elle-même, Mme Rivelois accordait à son mari cette autorité qu'il ne revendiquait pas, et l'écoutait, à l'ancienne mode, après qu'elle-même avait parlé.

Elle reconnut donc qu'on ne pouvait fermer la porte à Adrien, innocent de l'attitude maternelle, et s'efforçant même de l'excuser. Naturellement, puisqu'il avait répété son serment à Aimée, si on le recevait, c'est que l'on consentait au mariage. Ce point était l'essentiel et agitait extrêmement la pauvre grand'mère.

— Marier Aimée! Je ne voulais pas y penser encore! Je me disais toujours que nous avions bien le temps!

— Nous y penserons dès maintenant, ma bonne amie, lui répondait son mari. Et nous attendrons un peu pour fixer la date du mariage. Aimée est très jeune. Et cette guerre n'est pas finie. Jusqu'à la dernière minute, un soldat peut tomber. Je ne tiens pas à ce que notre chérie nous revienne veuve... Et puis, il nous faut être sûrs d'Adrien.

IX

Aimée fut sur pied avec le jour, ce lendemain. Elle avait presque bien dormi, mais non sans avoir le temps de penser. Le bonheur, qui avait donné un coup d'aile pour s'éloigner, lui revenait de toute la vitesse de ses jeunes ailes, et elle le sentait plus proche, plus réel que jamais.

Son grand-père était avec elle, certes, mais il avait dit prudemment « Il nous faut être sûrs d'Adrien ». Elle ne pouvait lui en vouloir de ce mot. Les parents sont faits pour dire ces mots-là. Ils ont de la vie et des gens une expérience un peu amère. Et Aimée comparait l'existence à une de ces vieilles bouteilles que grand-papa gardait jalousement, à Paris, et dont il ne sortait un échantillon que dans les grandes occasions. Il disait alors: « Ne la secouez pas! ne remuez pas le fond! » Et il versait lui-même le vin précieux, laissant toujours un peu de liquide, brouillé d'un dépôt brun. C'était ainsi la vie: les jeunes voulaient la boire vite; ils la prenaient à pleines mains, sans savoir. Ils allaient sans précaution et il troublaient ce fond qui se mêlait alors au bon vin pour le gâter. Même, ils étaient si pressés qu'ils voulaient boire jusqu'à la lie, sachant pourtant bien que la lie ne vaut pas le vin... Mais les gens plus âgés, et surtout les vieillards, ne prennent la bouteille qu'avec réel soin... « Ne la secouez pas, ne remuez pas le fond... » Il fallait donc excuser grand-papa s'il avait dit ces mots énormes: « Il nous faut être sûrs d'Adrien. »

Elle avait tout de même un peu discuté cet article, le soir, au dîner:

— Sûre d'Adrien? Je le suis absolument!

— Je pense que tu ne te trompes pas!... Cependant, chérie, réfléchis sérieusement. Ou plutôt, réfléchis, tout simplement car on ne peut faire cela que très sérieusement. Est-ce que tu le connais beaucoup, Adrien?

Aimée avoua qu'en effet, elle le connaissait peu, mais elle ajouta que le temps ne fait rien à la chose, et qu'on se trompe parfaitement sur le compte de gens que l'on fréquente depuis longtemps.

— Nous en tombons d'accord, concéda M.

Rivelois; mais tu voudras bien reconnaître avec moi que c'est précisément sur la question sentimentale qu'on peut se tromper seulement, parce que là, et par ailleurs, le temps, en effet, ne fait rien à l'affaire: On s'aime ou l'on ne s'aime pas voilà tout. Et dès que l'on s'aime, on n'y voit plus clair... On se refuse à toute évidence qui ferait obstacle à l'affection. Mais en affaires, c'est très différent, et l'on sera toujours beaucoup plus en confiance avec l'homme que l'on connaît, qu'on a déjà vu vivre et agir, ou avec celui qui vous est présenté par un ami qui est dans ce cas, et qui vous sert de référence, qu'avec un inconnu.

Aimée fit une moue qui mit un sourire sur les lèvres de son grand-père:

— Je te déplais, naturellement, reprit-il, parce que je prononce là des mots qui sonnent mal à tes jeunes oreilles: les affaires, les références; il y a de quoi faire s'enfuir l'amour, n'est-ce pas?

Aimée crut avoir trouvé un argument:

— Je ne te contredis en rien, grand-papa, fit-elle gentiment. Mais je t'assure en t'affirmant qu'Adrien m'a conté toute sa vie, depuis sa plus petite enfance.

Mme Rivelois interrompit avec un peu d'amertume:

— Il t'a dit ce qu'il voulait...

Mais son mari ne la soutint pas et riposta:

— Ce garçon n'ignore pas, ma bonne amie, qu'il nous est assez facile de contrôler en partie ses assertions. Il est officier, ancien élève d'une grande école et d'un lycée de Paris. Jamais on n'a refusé de renseigner un père qui se documente avant de donner sa fille. Et je me flatte que sous les réticences inévitables, je saurais deviner une vérité qu'on voudrait me cacher.

Puis, avec une fermeté qui indiquait une sympathie déjà évidente à l'endroit d'Adrien, il ajouta:

— D'ailleurs, il ne peut être qu'un honnête homme, et c'est l'essentiel pour nous. Sa carrière nous en est une garantie. Pour le reste...

Aimée s'inquiéta:

— Qu'appelles-tu le reste, grand-papa?

Ce fut Mme Rivelois qui s'empressa de répondre:

— Le reste! mais c'est sa famille! Ce père que nous n'avons pas connu, cette mère que nous connaissons trop!

La jeune fille protesta:

— Elle te déplait et ne me plaît guère; elle n'en a pas moins bien élevé son fils: tu ne peux nier cela!

M. Rivelois appuya sa petite fille:

— Aimée a raison, et il ne faut rien exagérer. Cette dame n'a pas nos goûts, et elle te froisse par ses façons. Tu ne lui pardonnes pas sa poudre, ses teintures et son rouge...

— Ni surtout son second mariage! clama la bonne grand'mère.

— C'est vrai; il y a d'abord cela... Pourtant si son second mari est ce qu'elle dit...

Mme Rivelois eut bien envie de s'écrier: « Ce Briel, dont s'est engouée notre chérie! » et d'apprendre à Aimée, au moins la moitié de la vérité sur le soldat peintre. Mais un long

regard de son mari la fit se taire, et M. Rivelois conclut:

— Ne passionnons rien; voyons les choses
avec sang-froid. Mme Thirion peut nous dé-
plaire et avoir tout de même des qualités. Ses
défauts n'ont aucune importance dans ce qui
nous intéresse. Il nous suffit que son fils n'en
ait pas hérité. Il ne paraît pas lui ressembler
en rien, d'ailleurs, et il doit tenir de son père,
dont il a beaucoup parlé à Aimée. Le vieux
monsieur Héller, le frère de madame Thirion,
m'a dit le plus grand bien de ce père d'Adrien.
Et j'apprécie que ce vieil oncle est extrêmement sérieux et honorable. Quelqu'un que je
vois souvent l'a connu jadis et m'a parlé de
lui comme d'un homme digne d'estime en tous
points. Tout cela, ma bonne amie, constitue
une atmosphère d'honneur autour d'Adrien qui,
lui-même, ne peut être que cela: un homme
d'honneur. Faisons-lui donc bon accueil puisqu'il aime notre chérie, et qu'il agit si loyale-
ment avec nous, en voulant nous voir, et qu'il
a si franchement parlé à sa mère, alors que,
tu le sais bien tant de jeunes gens ne se sou-
cient même plus de l'avis des parents, aujourd'hui, dans ces mêmes circonstances.

On attendait donc Adrien; on le recevrait
avec confiance et cordialité. Mme Rivelois promit de ne pas lui marquer de froideur. Et pour
Aimée, c'était déjà beaucoup.

Adrien devait venir vers dix heures du
matin. Lorsqu'elle descendit au jardin, après
s'être levée de si bonne heure, Aimée constata
qu'il était juste six heures et demie. Puis, tout
de suite, une autre constatation s'imposa à
ses regards: la villa des Thirion était ouverte,
presque toutes les persiennes repliées; une
porte déjà baillant, et une jeune bonne, en
décorative coiffe bretonne, activant sur des
seaux, des brocs et des balais, une paire de
bras rouges, énormes et courageux.

La surprise d'Aimée ne fut point petite, et
pour un peu, elle fût remontée à la hâte pour
annoncer la nouvelle à ses grands-parents.
Mais ils dormaient encore et n'aimaient pas
être brusquement réveillés. Pourtant, sa curiosité était fort excitée. Est-ce que les Thirion-
Héller seraient revenus après cette bouderie?
Auraient-ils simplement une nouvelle bonne?
Aimée n'était jamais indiscrète. A peine
même si elle avait parfois le désir de s'occuper
des autres. Mais ce matin, n'était-ce pas bien
pardonnable?

Elle fit un tour vers la cuisine, où Julia, la
domestique, venait de descendre:

— Julia, vous verrez: la villa est habitée ce
matin, il y a une petite bonne bretonne qui
paraît très jeune. Tâchez donc de savoir si
madame Thirion est revenue ou qui la rem-
place.

Julia avait un certain instinct pour connaître
les petites choses, comme d'ailleurs beaucoup
de ses consœurs. Mais ce qui la stupéfiait,
c'était surtout ce fait: elle n'avait vu arriver
personne, la veille!

— Ils n'ont pourtant pas dû arriver en pleine
nuit, ces gens-là! s'exclama-t-elle.

Mais Aimée lui fit observer que deux ou trois
personnes ne font guère de bruit, et que, la

villa était louée en meublé, il n'y avait donc
aucun emménagement.

— N'importe, on a des valises, même des
malles... On ne vient pas avec ce qu'on a sur
le dos. On arrive de la gare en voiture...

Aimée ne douta pas qu'avant le déjeuner,
Julia fût très suffisamment renseignée.

Quand ses grands-parents apprirent l'événement, ils eurent tous les deux la même idée:
les nouveaux venus — car ils ne croyaient pas
au retour des anciens locataires — devaient
être des amis ou des parents de Mme Thirion
qui les envoyait dans la villa, louée par elle
pour plusieurs mois, elle l'avait dit elle-même.

L'heure passa. Cinq minutes avant dix heures, Clairon annonça l'arrivée d'Adrien au
moment où il touchait la chaîne pour ébranler
la cloche de la grille. Aimée était au jardin
avec son grand-père. Les premières paroles
furent affectueusement cordiales, et tout de
suite, d'un air et d'un ton fort contrariés, qui
donnaient à sa physionomie une énergie nouvelle, le jeune lieutenant se mit à dire:

— Vous ne savez pas ce qu'a fait ma mère?

Il désignait la villa voisine en la regardant:

— Elle a envoyé des amis là-dedans pour
y finir son bail.

M. Rivelois regarda sa petite-fille pour lui
faire comprendre: « Que te disais-je, tout-à-
l'heure? » Et Adrien continua:

— Un monsieur Lormiez, veuf, avec sa fille
Simone.

Il s'arrêta un peu, et, plus posément avec
gravité, s'adressant spécialement à M. Rivelois.

— Avant de continuer, monsieur, dit-il, je
vous prie de vouloir bien m'accorder l'honneur d'un entretien, et si madame Rivelois
consentait à y assister, j'en serais fort heureux.

— Comment donc! mon cher ami, répliqua
M. Rivelois. Entrez donc. Je vais prévenir ma
femme, qui se proposait de vous voir.

Quand ils furent dans le salon, il ajouta:

— Je vais la prier de descendre.

Aimée et Adrien restèrent seuls. Le jeune
homme se précipita, les mains tendues:

— Chère, chère... fit-il avec une grande
émotion. Ne savez-vous pas ce que je viens
dire à vos parents?

Aimée pâlit d'anxiété. Elle murmura:

— Je meurs d'inquiétude. Qu'y a-t-il?

— Des difficultés sans nombre, et qui sur-
gissent de toutes parts. Mais je vous supplie
de ne jamais douter de moi, de croire en moi,
et d'avoir du courage pour que je n'en manque
pas...

— Je vous le jure. J'ai votre parole.

Longuement, il retint la main d'Aimée sous
ses lèvres:

— Je vous aime, prononça-t-il. Je ne changerai pas.

— Moi non plus.

Un beau soleil entrait jusqu'au fond de la
pièce. Ils entendirent, atténué par la distance,
un coup du gros canon qui arracha ce cri à
Aimée:

— Oh!... mon Dieu!... La guerre ne finira
donc pas!

— Mais si! affirma Adrien, et nous serons heureux, heureux, ma petite chérie! Ne craignez donc rien, pas même le canon...

Mme Rivelois était devant lui et lui tendait la main en souriant.

X

A conversation s'engagea rapidement sur le terrain désiré. Avant d'entreprendre son récit, Adrien avait dit non sans une sorte de solennité, et s'adressant aux grands-parents d'Aimée:

— Vous savez que nous nous aimons, mais que nous ne voulons pas d'un bonheur qui ne serait autorisé par vous. Voulez-vous donc bien me dire si vous consentez à ce bonheur?

Mme Rivelois eut un mouvement; mais elle laissa la parole à son mari qui répondit:

— Vous savez, mon cher ami, que nous sommes très vieux jeu, ma femme et moi, et que nous voulons qu'un jeune homme qui a encore des parents fasse présenter sa demande par eux.

— Votre mère... commença Mme Rivelois.

Mais Adrien se hâtait de répondre:

— Précisément. Voilà ce que je voulais vous dire; mais je croyais devoir commencer par cette question... car il me semble que si vous n'y répondiez pas, tout le reste serait inutile.

M. Rivelois dit avec bonté:

— Il est vrai; mais je le tenais, moi aussi, à vous parler comme je l'ai fait. Et maintenant, je veux vous assurer de toute notre sympathie et de toute notre estime. En agissant avec cette correction, alors qu'aujourd'hui, nous en sommes choqués tous les jours, tant de jeunes gens se passent de leurs parents pour se fiancer, vous, nous avez conquis, ma femme et moi. Nous vous connaissons peu; mais votre carrière nous est une garantie de votre parfaite honorabilité. Vous ne vous froisserez pas si, pourtant, je tiens à me documenter un peu sur votre famille.

Adrien s'inclina:

— C'est très légitime, dit-il, et je suis prêt à répondre à toutes les questions que vous voudrez bien me poser, à vous proposer toutes les épreuves désirables. Adressez-vous à mes chefs, aux anciens collaborateurs de mon père et de mon oncle, que je vous indiquerai...

Aimée, reprochant, s'interposait:

— Grand-papa, pria-t-elle doucement, est-ce que tu vas plus longtemps interroger Adrien et le traiter en inconnu? Ne vois-tu pas combien nous en souffrons, lui et moi?

Ses yeux clairs s'étaient noyés de larmes, et le jeune officier, ému au dernier point, avait aussi quelques pleurs indiscrets, qui ne coulaient pas, mais qui trahissaient son émotion. Il prit tendrement une main d'Aimée et la baisa avec ferveur, sous les regards stupéfaits de Mme Rivelois.

— Oh! suppliait Adrien, laissez-nous être heureux! Notre bonheur fera le vôtre, car nous vous aimerons toujours!

M. Rivelois était désarmé et conquis. Il ne put que répondre:

— Je vous dis oui en principe, mon cher enfant. Mais demandons aussi l'avis de notre chère mère...

Mme Rivelois eût bien voulu résister, car elle se sentait épouvantée à l'idée du mariage d'Aimée; mais elle comprit qu'il n'y avait plus rien à objecter sans paraître malveillante, et elle consentit de bonne grâce.

Sous les regards de ses grands-parents, Aimée reçut le baiser tendre et discret d'Adrien. Celui-ci, alors, dit :

— Maintenant, je puis reprendre mon récit au point où je l'ai laissé. Il faut que vous sachiez que ma mère, à qui j'ai voulu me confier, ne consent pas à mon mariage.

Aimée eut un petit « oh! » scandalisé, tandis que Mme Rivelois, très digne, proférait d'une voix nette:

— Nous n'entrerons jamais dans une famille dont on ne nous ouvrira pas les portes toutes grandes; cela non, jamais!

Mais M. Rivelois lui fit un petit geste qui signifiait: « laisse-le parler », et elle s'arrêta, gardant son air offensé.

Adrien reprit, raffermissant sa voix:

— Il m'en coûte d'accuser ma mère, dont je suis l'unique affection et que j'aime beaucoup moi-même. Je ne puis croire qu'elle n'agisse pas selon ce qu'elle croit être au mieux pour moi. Mais elle avait d'autres projets que les miens, et elle attendait encore pour m'en parler. Elle a fait choix d'une jeune fille...

Aimée et ses grands-parents se turent, invitant ainsi le lieutenant à continuer, ce qu'il fit tout de suite:

— Une jeune fille à qui je fus présenté ces jours-ci seulement, mais que ma mère connaît depuis un an déjà. A mes précédentes permissions, je m'étais formellement refusé à la voir. Cette fois, ma mère a organisé un petit piège, que je ne pouvais éviter.

M. Rivelois eut une idée qu'il émit sans retard:

— Votre mère, dit-il, tient sans doute à la fortune, et la personne qu'elle a choisie est riche, sans doute aussi. Il faut que nous parlions de cette question...

Mais Adrien ne voulut point en entendre davantage:

— Je me refuse à la traiter, moi, cette question! se récria-t-il. Vous ferez ce que vous voudrez, et vous me le direz la veille de notre mariage, par exemple. Je ne veux pas d'argent entre nous!

— Il en faut parler, cependant.

— Sans être riche, notre Aimée ne sera pas sans rien, dit fièrement Mme Rivelois. D'abord, elle a ce que nous avons pu sauver de la dot donnée à notre pauvre enfant, sa mère.

— Je vous en prie, madame! supplia Adrien.

— On ne fait pas fortune dans votre carrière toute de sacrifice et d'honneur, mon cher ami, vous le savez bien, dit encore M. Rivelois. Mais notre petite chérie est une femme raisonnable et sensée, qui saura vivre heureuse dans la simplicité. Elle aura une petite dot;

mais après nous, elle sera tout de même un peu plus riche que bien d'autres.

Adrien renouvela son geste d'indifférence et reprit:

— La personne choisie par ma mère est votre nouvelle voisine, mademoiselle Simone Lormiez, qui vit avec son père, sa mère étant morte. Ce monsieur Lormiez est un ancien notaire, qui possède une importante fortune, et sa fille a fait, paraît-il, de très gros héritages. Ma mère a beaucoup travaillé, m'a dit mon oncle, à se rendre intime avec ces gens. Mais j'ai fait connaître toute ma pensée: je n'épouserai pas mademoiselle Lormiez.

L'oncle Hélier, d'ailleurs, avait donné des « tuyaux » sur les Lormiez. Très honorables, certainement; mais Simone, élevée par un père occupé et distrait, confiée à des institutrices, des dames de compagnie qu'elle choisissait et renvoyait elle-même lorsqu'elles prétendaient lui donner de bons conseils, Simone était une personne tellement indépendante, tellement fantaisiste, que les épouseurs tremblaient un peu et ne se montraient pas aussi décidés qu'on l'eût pu croire. Mais la jeune fille voulait à toute force se marier, pour se lancer dans l'existence à grandes guides qu'elle souhaitait. La vie militaire lui paraissait assez agréable, parce que, dans une garnison, avec une grande fortune, on s'impose, on éclipse toutes les autres et l'on fait parler de soi. D'ailleurs, avec quelques appuis politiques qu'un homme riche doit toujours savoir s'assurer, l'officier qui épouserait Simone ne tarderait guère à gagner un de ces postes très brillants et très enviés, même à l'étranger, postes autant civils que militaires et qui mettent en relief leur heureux titulaire.

Mme Rivelois se raidissait de plus en plus:

— Il est certain que votre mère tient énormément à cette jeune fille, dit-elle. Il faut que vous réfléchissiez vous-même à tous les avantages de cette union. Nous ne voulons pas vous influencer.

Mais Adrien se précipitait vers elle avec une ardeur juvénile toute d'affection et de respect.

— Oh! madame! s'écria-t-il, ne m'ôtez pas la foi que j'ai en vous! Laissez-moi croire à vous trois, autant à l'un qu'à l'autre! Soyez tous avec moi!

Les grands-parents donnèrent enfin à l'entretien la conclusion désirée: ils ne repoussaient pas Adrien; ils l'autorisaient à voir Aimée, à lui écrire quand il serait de retour aux armées, ils permettraient à leur petite-fille de lui répondre. Mais ce ne serait pas encore des fiançailles officielles. On n'en parlerait point; on attendrait. Ce n'était pas tout à fait ce qu'avaient désiré Aimée et Adrien; ils se sourirent, cependant, sans rien reprocher. Le temps agirait pour eux, et l'heure du bonheur sonnerait tout d'un coup, sans qu'on l'eût si tôt prévue.

— Dans quatre mois, je reviendrai... et alors, nous parlerons plus nettement, dit Adrien, lorsque en s'en allant, il quitta Aimée au jardin où on l'avait laissée, seule, le reconduire. Il lui avait adressé une recommandation assez pressante:

— Je suis certain que ma mère a son dessein en faisant venir les Lormiez auprès de vous. Ils doivent savoir qui vous êtes. Alors, méfiez-vous d'eux; gardez envers eux la plus grande distance. Ne leur permettez pas de franchir votre porte. Je veux que ma mère échoue dans ce projet d'une fréquentation entre ces gens et vous.

Il partit, le cœur à la fois déchiré et heureux. Aimée le regarda jusqu'à ce qu'il fût au coude du chemin, là où elle ne le verrait plus. Trois pas encore, puis deux. Il se retourna une dernière fois, plus longuement. Elle n'entendait plus le bruit de ses chaussures fortes sur le sol très sec. Son dernier salut ressemblait à un baiser... Son képi noir se souleva, agitant le trèfle doré qui brillait au soleil. Et ce fut fini... il disparut.

Le cœur d'Aimée, comme gonflé, sembla se crever dans un sanglot. Elle savait bien où il allait, ce jeune brave: il allait là-bas... Là-bas, d'où l'on ne revenait pas toujours...

XI

T ANDIS qu'Aimée restait un peu au jardin pour y pleurer librement, les grands-parents avaient entre eux une importante conversation.

— Tu as remarqué, disait M. Rivelois à sa femme, qu'Adrien n'a pas prononcé le nom de Briet. Qu'en penses-tu?

— Qu'il n'a pas voulu en parler, mais qu'il n'ignore pas que notre Aimée est la fille de cet homme.

— C'est aussi mon avis.

— La conduite de sa mère le laisse comprendre: elle ne veut pas que son fils épouse la fille de celui qu'elle déteste et qui, certainement, ne l'a pas rendue heureuse.

— C'est probable; mais il y a aussi la question d'argent: cette demoiselle Lormiez est ce qu'on appelle un beau parti.

M. Rivelois appréciait qu'il fallait dire la vérité à Aimée. Adrien avait été discret; peut-être pensait-il qu'on allait parler franchement devant lui...

— Après tout, sa mère ne lui a peut-être rien dit, tout de même. Elle ne sait sans doute pas qu'Aimée est la fille de Prosper Briet.

— Elle doit le savoir! affirma Mme Rivelois. Elle a dû parler à cet homme, sans nous l'avoir raconté. Et cet homme, d'après son attitude que nous a dépeinte notre Aimée, a dû deviner, lui, que notre chérie est son enfant.

Les grands-parents étaient soucieux. Si cet homme voulait revoir sa fille? S'il avait gagné ce droit par une bonne conduite, par sa tenue à la guerre?

— Cette femme, cependant, n'a pu vivre au-delà de deux années avec lui. Il semble bien qu'il avait gardé les mêmes défauts dont notre pauvre Alice a tant souffert.

La conclusion, après que la question eût été abordée sous toutes ses formes, fut que l'heure était venue de tout révéler à Aimée. Il ne fallait pas qu'elle apprît par d'autres la vérité. Or, qui sait si on ne la lui dirait point? Pouvait-on empêcher Mme Thirion de revenir à son hôpital, où elle n'avait donné que des motifs passagers d'une absence, et de parler à Aimée pour l'humilier? Est-ce que cette demoiselle Lormiez ou son père, si l'un ou l'autre était au courant, ne s'arrangerait pas pour aborder la petite, et méchamment lui montrer qu'ils n'ignoraient pas ses origines?

— Aimée est trop âgée maintenant pour continuer à croire que son père est mort depuis longtemps. Puisqu'il est pour elle question de mariage, il faut penser que dans un temps peu éloigné elle aura à fournir tous les renseignements possibles sur sa situation au point de vue des lois. Or, elle apprendra forcément qu'elle ne pourra donner un acte de décès de son père, ainsi qu'elle le suppose certainement.

Mme Rivelois soupira longuement. Elle n'avait jamais pensé que cette heure viendrait si vite! Comme le temps avait passé, depuis que l'enfant, bébé bouclé, blond comme les anges, remplaçait la fille adorée, si vite grandie elle aussi, et puis disparue!

— Ah! gémit-elle, les enfants devraient toujours rester petits!

— Toutes les mères disent cela, ma bonne amie. Mais il faut se résigner aux fatalités de la vie, et ne pas maudire quand elles ne vous apportent point trop de mal. Nous allons, je le crois sincèrement, assister au bonheur de notre Chérie-Aimée. Acceptons donc le sacrifice personnel qui nous sera imposé, et réjouissons-nous de la voir heureuse.

Un peu plus tard, Aimée fut mandée par son grand-père. On voyait bien qu'elle avait pleuré; mais elle avait repris son air de tranquille courage. Elle était si fière d'être aimée par un de ces braves qui défendaient le Pays!

— Tu sais, grand-papa, dit-elle avec une belle énergie, je ne voudrais pas qu'il restât, moi! Je veux qu'il y soit, au feu, au danger sur le front, comme il y veut être, comme il le dit si bien lui-même.

— J'ai à te parler, ma chérie, commença M. Rivelois. Te voilà grande, et nous apprécions qu'alors que nous songeons au mariage, tu as le droit de n'être plus traitée en enfant.

Un peu tremblante, Mme Rivelois prononça:

— Ta pauvre mère...

Mais elle s'arrêta; les pleurs la suffoquaient. Aimée courut se jeter dans ses bras. Elle se sentait si forte, maintenant!

— Bonne maman! Je t'en supplie! Plus de larmes! Soyons tout au bonheur!

Mais le grand-père reprenait:

— J'ai à te dire quelque chose de bien sérieux, mon enfant, et c'est ce qui bouleverse ta bonne maman.

Aimée eut une petite moue!

— Oh! fit-elle, tu vas encore vouloir me parler de ma fortune! Tu sais ce que t'a dit Adrien: c'est une question qui n'existe pas pour lui. Alors...

— Alors, ma chérie, nous n'avons pas à traiter ce sujet, en ce moment du moins, car il a tout de même un intérêt, et il faudra nous

en occuper, un jour ou l'autre. Mais il s'agit d'autre chose...

Aimée s'apeura: allait-on encore faire surgir des obstacles?

— Puisque tout est réglé, réglé! répétait-elle, un peu impatientée qu'on revînt sur des conversations finies, et qu'on parlât d'autre chose que de celui qui, le cœur rempli d'elle, s'éloignait en ce moment.

D'une voix posée, avec une gravité presque solennelle, M. Rivelois, remontant le passé, faisait à sa petite-fille, l'histoire du mariage de sa mère, de ses malheurs, de ses souffrances, de cet abandon d'un époux naguère encore si épris...

— Car il est parti, il vous a abandonnées toutes les deux.

Aimée eut ce cri, subit et anxieux:

— Comment! mon père n'est pas mort!

— Non, ma chérie. Et je vais compléter mes révélations par celle-ci, qui va te bouleverser, j'en suis certain. Mais il faut que tu n'ignores plus rien. Ton père vit, et tu l'as vu dernièrement. Tu lui as parlé à plusieurs reprises, et même tu as éprouvé pour lui de la sympathie.

M. Rivelois parlait encore qu'Aimée s'exclamait:

— Ce soldat! ce peintre! Prosper Briet!...

Elle demeurait comme figée, dans une stupeur profonde. Ses joues s'enflammaient, sous un peu de fièvre qui les brûlait. Et elle fit, très émue!

— Oh!... Oh! le pauvre homme!

Puis, comme en confidence!

— Eh bien! Je l'avais deviné, moi!

Mme Rivelois sembla sursauter à cette exclamation!

— Tu n'as pas à le plaindre, reprocha-t-elle un peu trop sèchement au gré d'Aimée. Ceux qu'il faut plaindre, c'est ta mère, c'est nous, et c'est toi aussi, qui as un père et qui cependant as été orpheline. Si nous n'avions pas été là, nous, les pauvres parents...

Aimée, dont le cœur était resté bien gros, se mit à pleurer sur la poitrine de sa grand'maman. Sa tête blonde se balançait, douloureuse, comme une horloge dont les sanglots marquaient les battements.

— Oh! grand'maman! grand'maman!

Toute la tristesse, la fréquente sévérité de Mme Rivelois envers les étrangers, toute la crainte de ses pauvres yeux, toujours comme apeurés, tout cela prenait un sens pour la jeune fille. Elle se sentait se transformer. Son âme ingénue, cet esprit un peu puéril se mûrissaient soudain; cette éclosion rapide était comme celle d'une fleur qu'une chaude journée déploie, alors qu'il en eût fallu plusieurs, sous une autre température.

Cependant, M. Rivelois voulait en finir avec les révélations qu'il jugeait indispensable de faire à Aimée. De plus, il désirait ne pas éterniser cet état d'émotion de tension des nerfs dont souffraient sa femme et sa petite-fille. Mieux valait tout dire ce jour-là. Il interrompit la scène de larmes réciproques en disant:

— Je n'ai pas fini, Aimée. Si vous pleurez ainsi, je ne pourrai achever mon récit.

Et il prononça, regardant sa petite-fille:

— Madame Thirion, veuve du père d'Adrien, s'est remariée, comme tu le sais. Et son second mari n'est pas mort, car c'est le même homme que ton père: c'est ce Prosper Briet.

Cette seconde révélation n'était pas, à beaucoup près, aussi émouvante que la première; mais Aimée la jugea absolument stupéfiante. Et elle fit encore:

— Oh!..

Cette fois, elle avait compris, tout d'un coup: Mme Thirion qui voulait l'empêcher de parler au sergent, et qui confiait à Aimée qu'elle connaissait cet homme, Mme Briet ne voulait pas, évidemment, que son fils épousât la fille de Prosper Briet.

— Elle aime beaucoup son fils, dit-elle, et malgré cette mademoiselle Lormiez qu'elle avait choisie pour sa fortune elle aurait cédé aux prières d'Adrien. Mais elle ne voulait pas d'une alliance avec le nom abhorré de Briet.

Maintenant, elle savait. Elle avait séché ses larmes. Elle ne se sentait même plus aucune envie de pleurer. Pour la première fois de sa vie, elle comprenait le sens des choses. Le duvet dont l'avait enveloppée la tendresse de sa grand'mère venait de tomber, emporté par la réalité. Elle était comme l'oiseau qui a senti ses ailes. Il est d'abord tombé durement sur la terre; mais ses ailes, très vite, lui ont permis de monter plus haut et de voir les choses.

Son visage si juvénil, si virginal, était subitement devenu très sérieux, presque grave. Elle avait l'expression d'une jeune, très jeune femme, pensive, courageuse et résolue.

Elle alla embrasser son aïeul:

— Je t'assure, grand-papa, dit-elle avec élan, que tu as très bien fait de me dire tout cela. Tu as eu raison: je ne suis plus une enfant!

Puis, s'adressant aux deux:

— Ne craignez pas de m'avoir fait de la peine: il n'y a que votre chagrin ou le manque d'affection d'Adrien qui pourrait m'en faire. Nous n'avons qu'à envisager ensemble toute la situation. Nous sommes quatre, vous savez, maintenant!

Mme Rivelois eut comme un frisson:

— Pauvre enfant! murmura-t-elle. Et s'il était tué?

Les yeux d'Aimée semblèrent s'éteindre un instant; puis elle raffermit sa voix pour répondre:

— Je garderais fièrement son souvenir, grand'maman!

Aimée eut une pensée subite:

— Je ne te reproche qu'une chose, grand-papa, dit-elle: c'est de n'avoir pas demandé à Adrien s'il est au courant, et de ne m'avoir pas fait ces révélations devant lui. Alors, je te supplie de m'autoriser à le faire dans une lettre que je te montrerai. Je ne puis souffrir cette pensée que nous avons un secret pour celui que je considère comme mon fiancé.

— Tu sais qu'il ne l'est pas encore, intervint Mme Rivelois.

— Mais nous te regarderons comme tel, grand'maman, et il est dans les mêmes idées que moi là-dessus.

Il fut donc convenu qu'aussitôt qu'elle aurait des nouvelles du jeune officier, Aimée lui parlerait, dans sa première lettre, de la situation. On n'avait plus qu'à attendre. Mme Thirion céderait peut-être plus tôt qu'on le pensait.

XII

AIMÉE, depuis cette conversation, se trouvait toute changée. Le fond de son caractère était l'optimisme et elle le gardait. Les êtres bien portants qui ont eu une enfance heureuse sourient presque toujours à la vie. A mesure qu'elle se révèle à eux, et malgré tout le déchet qu'elle abandonne chaque jour, ils se complaisent à n'en regarder que le bon côté, l'excusent, pour ainsi dire, du mal qu'elle leur fait parfois, comme on excuse celui qui, sans le vouloir, vous heurte ou vous blesse. Mme Rivelois disait souvent: «Aimée a de la chance: elle prend tout du meilleur côté». En cela, elle tenait de son grand-père, philosophe et doucement optimiste, qui assurait qu'on n'a dans la vie que de rares grands chagrins, alors qu'on passe tout son temps à se chagriner pour les petits. Mais c'est affaire de santé et de tempérament et Mme Rivelois, bien plus à plaindre que lui, souffrait des malheurs passés, des pensées présentes et de l'avenir inconnu.

Donc, Aimée se sentait forte, et, toujours très franche avec ses grands-parents, elle leur faisait cette confidence, en y mettant une évidente satisfaction. Au fond, elle sentait bien que son grand-père pensait et voyait comme elle; alors, elle s'adressait surtout à lui, afin de ne pas troubler davantage la bonne maman, trop secouée par tant d'événements imprévus.

— Donnons-lui le temps de se remettre; laissons-la en paix. Elle nous reparlera la première de tout ce qui l'agite aujourd'hui, disait M. Rivelois.

On attendait avec impatience la première lettre d'Adrien. Il fallait au moins huit jours avant qu'elle fût arrivée, car les retours au front, les réinstallations, si l'on pouvait nommer ainsi la rentrée du soldat dans la mêlée, prenaient toujours plusieurs journées. Ensuite, il fallait supposer que tout était dans un calme relatif sur ce point pour que la lettre partît en temps normal.

M. Rivelois, qui savait que sa petite-fille était heureuse de parler librement d'Adrien, l'emmenait faire de petites promenades dans les bois, chaque fois qu'il était possible. Dans les premiers jours qui suivirent le départ, il l'avait emmenée jusque vers Enghien, où le lac profond et calme leur plaisait par sa fraîcheur. Ils revenaient doucement, à travers les grands marais, séchés en été, où les roseaux remuaient doucement avec un bruit de soie fine et raide. Aimée en avait réclamé un gros bouquet, qui ferait merveille dans le grand pot de cuivre du vestibule, et son grand-père s'était mis en devoir de le lui couper.

Maintenant, ils suivaient une jolie route, bordée d'arbre ombreux. Aimée tenait la botte de roseaux dans un bras, et les longues franges brunes lui caressaient doucement la joue, comme des plumes duveteuses.

Sur cette route, il y avait des bancs. En approchant de l'un d'eux, ils virent qu'un soldat y était assis. Mais ils n'en parlèrent même pas : c'est là chose si ordinaire.

Cependant, quelques secondes plus tard, Aimée s'arrêtait net. Et elle murmurait, d'un ton angoissé :

— Oh!... grand-papa!

M. Rivelois la regarda, surpris. Elle avait pâli, et semblait clouée sur place. Il eut peur d'un malaise:

— Qu'as-tu, ma chérie?

Comme elle ne bougeait pas il disait:

— Viens jusqu'à ce banc...

Mais elle, toujours effrayée, lui prenait le bras:

— C'est lui, sur ce banc... ce soldat...

— Lui?

Il avait compris: c'était Prosper Briet.

Un instant, il regarda la route, mais les arbres dansaient sous ses yeux. Pourtant, il sentit la rencontre inévitable, car aucun chemin ne s'ouvrait sur les côtés, et, à moins de sauter dans les champs, on ne pouvait quitter brusquement celui-ci.

— Passons, passons... fit M. Rivelois en mettant le bras d'Aimée sous le sien.

Et ils se remirent à marcher.

Mais à ce moment, ils remarquèrent que le soldat, jusque là inerte sur le banc, faisait un mouvement, hésitait, se soulevait et enfin, quittait la place.

— Oh! grand-papa! Il vient vers nous!

C'était vrai. Au lieu de marcher dans le même sens et de hâter le pas, ce qui eut permis aux deux promeneurs, en ralentissant le leur, de le laisser s'éloigner, Briet, l'air déterminé, venait vers eux en prenant le milieu de la route, comme s'il voulait la leur barrer.

— Passons, passons... murmurait de plus en plus bas M. Rivelois.

Ils ne le purent. Le soldat, mettant la main au képi dans un geste un peu timide, les abordait. M. Rivelois et Aimée étaient pâles tous les deux, mais le grand-père s'était redressé, raidi, et toisait le soldat en lui demandant avec hauteur:

— Que nous voulez-vous?

Il sentait frémir sur son bras la petite main gantée. Mais, dans un geste de protection, il serra davantage le bras d'Aimée dans le sien. Que craignait-elle? Il était là pour la défendre! Oh! non! on ne la lui prendrait pas!

Prosper Briet, cependant, parlait avec déférence, d'une voix basse et triste:

— Autorisez-moi à vous dire quelques mots, monsieur, pria-t-il.

— Parlez, répondit M. Rivelois qui, en ce moment, s'applaudit d'avoir révélé à Aimée ce qu'elle ignorait, faute de quoi, en ce moment, eût pu surgir un grand embarras.

Le soldat, regardant Aimée, lui disait:

— Vous voyez: je suis encore par ici, alors que je pensais m'en aller très loin. Ils m'ont envoyé à l'hôpital militaire, à Enghien, pour que j'y suive un traitement.

M. Rivelois ne quittait pas Briet des yeux. Il s'était pleinement ressaisi et le dominait de la taille et du regard. Il constatait le changement extraordinaire de cet homme qui, dix-neuf ans plus tôt, ensorcelait la pauvre Alice. Où étaient ces yeux séducteurs, cet air sûr de soi et cette expression presque insolente de contentement? Cependant, M. Rivelois retrouvait la distinction native des traits, ce quelque chose qui fait qu'un homme justifie, malgré tout, l'attirance qu'on eut pour lui. Mais la vie avait passé; le tourbillon de la jeunesse avait été soufflé par l'existence. Quelle tristesse, aujourd'hui, dans les yeux très bleus, qui semblaient vouloir pleurer!

M. Rivelois se sentit une infime pitié pour cet homme à qui, jadis, il avait confié le précieux bonheur de son enfant.

Mais il se tut, ne se sentant pas encore le courage de dire un mot de bonté.

Prosper Briet, le regardant, lui demanda d'une pauvre voix enrouée:

— Elle sait?... Elle sait qui je suis?

Le grand-père eut un signe affirmatif. Aimée, très troublée, se taisait, et le soldat reprit:

— Alors, permettez-moi de vous dire quelques mots. Je sais que vous ne pouvez m'aimer. Pour cette enfant, je ne suis rien. Mais quelqu'un a dû vous vous parler de moi: cette femme, votre voisine...

M. Rivelois et sa petite-fille dirent, presqu'en même temps:

— Oui... en effet.

— Elle n'a dû vous en dire aucun bien, continua Briet. Le hasard arrange drôlement les choses: il réunit des gens qui ne demandaient qu'à ne se revoir jamais. Cette femme m'a rencontré; elle aurait pu passer: je ne l'aurais pas arrêtée. Mais elle a voulu me faire du mal, comme si elle ne m'en avait déjà fait assez. Et elle m'a promis de se venger.

M. Rivelois eut un geste qui signifiait son désintéressement dans la question et interrompit:

— Chacun conte les choses à sa manière, et celle de l'un n'est pas celle de l'autre.

— C'est vrai; mais on doit permettre à chacun de se justifier, objecta Prosper Briet.

— Nous sommes bien mal ici pour une explication, riposta M. Rivelois assez froidement. Et son geste, qui semblait vouloir entraîner Aimée, arracha ce cri au sergent:

— Je vous en conjure! ne me quittez pas! Je ne puis vous voir ailleurs! Je n'ai aucun droit, que droit à la pitié! Vous ne serez pas sans pitié devant cette enfant!

Aimée, bouleversée, s'appuya plus lourdement:

— Oh! grand-papa! murmura-t-elle en levant sur son aïeul des regards scintillants de pleurs qui perlaient au bord des cils.

Très grave, M. Rivelois demanda:

— Que voulez-vous enfin? Vous justifier? Ce

sera difficile, en ce qui vous concerne. Et envers cette dame, cela ne nous intéresse pas du tout!

— J'y tiens quand même, insista Prosper Briet. Elle vous a sûrement parlé de moi: elle me l'a écrit.

— Comment! Ecrit?...

— Oui, elle m'avait dit qu'elle se vengerait: elle l'a fait sans tarder. Après notre conversation, elle a eu un entretien avec vous. En rapprochant les noms et les dates, elle a appris quels liens nous unissent, vous et moi. Et elle m'a écrit qu'elle vous dirait de moi tout le mal qu'elle en pense, en vous révélant mon identité afin de me faire hair de ma fille!

Ce mot fit voir trouble à M. Rivelois. Il pensa que sa femme se fût évanouie en l'entendant. Mais il s'efforça au courage, au calme. Il rétorqua l'affirmation :

— Elle ne m'a cependant rien dit, fit-il.

— Elle m'en a menacé, cela me suffit! Elle veut me nuire!

— Elle ne doit avoir aucune raison de ne pas vous détester!

Briet toussa. Il paraissait souffrir du cœur. Il avait subi le barbare assaut des gaz asphyxiants, et il ne s'en remettait pas. Il reprit :

— Je l'ai quittée, c'est vrai; mais vous a-t-elle dit qu'elle me menaçait chaque jour de le faire la première?

« Savez-vous que c'est une coquette à qui il faut beaucoup d'argent et que je ne lui en donnais pas assez? Oui, c'est vrai: je lui ai mangé un morceau de sa fortune; mais c'était dans une entreprise où je pensais m'enrichir beaucoup, ce à quoi elle me poussait sans cesse. Ne savez-vous pas qu'en ce moment encore, elle cherche à se remarier une troisième fois, avec un certain M. Lormiez, qu'elle a envoyé dans votre voisinage; et qu'elle ne reculera pas devant le divorce pour y arriver?

Aimée eut un mouvement. Elle redoutait d'entendre le nom d'Adrien passer dans la conversation. Mais Briet continuait:

— Comme ce monsieur a une fille, qui possède une grosse fortune personnelle, cette femme veut encore autre chose: marier son fils Adrien avec cette demoiselle.

— Tout cela ne nous regarde pas, fit M. Rivelois qui sentait la souffrance de sa petite-fille.

— Bonne maman! je t'en supplie!
plus de larmes! (p. 22).

Mais Briet insistait; il voulait continuer:

— Son fils est très bien, lui... fit-il d'un ton convaincu. Je l'ai connu très jeune; il m'aimait. J'ai été gentil pour lui. Je suis certain qu'il a gardé de moi un bon souvenir. Il tient sûrement de son père... que je n'ai pas connu, mais dont on m'a dit toujours grand bien

Il restait là, sur la route peu fréquentée. Les rares passants ne se doutaient pas que ces trois promeneurs, qui semblaient causer paisiblement, agitaient des propos si angoissants pour eux.

Prosper Briet avait attendu un peu; puis, devant le silence de M. Rivelois, il se remit à parler:

— J'ai voulu que le hasard de cette rencontre me servît, dit-il... Je vous ai conté la vérité. J'ai, depuis que je vous ai quittés, beaucoup s o u f f e r t. Surtout depuis ce second et stupide mariage. J'ai même souffert de la misère.

Aimée, très émue, se récria :

— Nous ne voulons plus que vous souffriez, maintenant!

Briet eut un sourire navré :

— Maintenant, répondit-il, je s u i s nourri et logé... Et j'espère bien ne pas revenir de la guerre.

La jeune fille protesta, d'un ton douloureux :

— Mais vous n'y retournerez pas, à la guerre! Vous êtes bien trop souffrant! Vous serez réformé!

Il eut un geste qui signifiait : « A quoi bon? » M. Rivelois souhaitait la fin d'un entretien pénible; cet homme, pourtant, était le père d'Aimée. Il se décida à lui dire :

— Nous ne pensions pas vous revoir jamais. Le hasard l'a voulu autrement. Vous savez que je pourrais m'en aller, emmenant cette enfant, sur qui vous avez depuis longtemps perdu tous vos droits. Mais je ne serai pas dur envers vous, parce que vous paraissez avoir souffert et que vous êtes un de nos soldats... Et je vous permettrai de nous revoir... Aimée et moi. Dites-nous où nous pourrons vous retrouver.

La jeune fille serra le bras de son aïeul:

— Tu es toujours si bon, toi, grand-papa, si bon et si juste! Tu vas au-devant de mon désir!

Et ils se séparèrent, graves et soucieux.

XIII

Nous ne pouvons conter cela en face à grand'maman, dit M. Rivelois à sa petite-fille. Il faut y mettre des précautions. Ne lui parle donc de rien, et laisse moi faire.

Aimée voyait la vie belle davantage chaque jour. Il lui semblait qu'elle avait plus de valeur, depuis qu'elle la jugeait, la comprenait mieux. Tout le mauvais côté de tant de choses, loin de la heurter comme il arrive si souvent dans la jeunesse, se montrait à elle lucide, explicable, aussi naturel et même utile que les nuages et la pluie. Est-ce que le ciel est toujours bleu? Est-ce que les jours sombres de l'hiver ne sont pas plus longs à vivre que ceux si lumineux et fleuris de l'été?

Elle se répétait ceci: « J'ai retrouvé mon père. Je croyais n'en pas avoir; j'en ai un ». Et M. Rivelois avait consenti à ce qu'elle le revît. Grand'maman ne pourrait dire non, et tout s'arrangerait.

Bien sûr, ce qu'on lui avait tant de fois raconté était vrai: cet homme, autrefois, s'était séparé violemment de la femme et de l'enfant qui constituaient son foyer. Il les avait abandonnées, s'en reposant sur d'autres du soin de leur existence. Elles n'avaient plus compté pour lui. La femme, trop secouée par le chagrin, était morte peu de temps après. L'enfant avait grandi, grâce à ses grands-parents. Aujourd'hui, le hasard les mettait face-à-face. Aimée comprenait maintenant quelle sympathie confuse l'avait arrêtée et ramenée près du soldat qui peignait. Quant à lui, en faisant des rapprochements, il avait deviné qui elle était: de là, son émotion, le matin où il lui donnait le petit paysage, près du vieux pont où les lianes et les mousses dessinaient de chaudes broderies.

Elle en reparla un peu avec son grand-père, au jardin:

— Je voudrais te dire ceci, grand-papa: je ne le déteste pas; je suis même prête à l'aimer. Qu'en penses-tu?

— Que la voix du sang n'est pas toujours un vain mot, surtout pour les cœurs comme le tien, ma chérie, répondit M. Rivelois. Je n'ai pas le courage de te le reprocher. Ta pauvre mère l'aimait fort, et peut-être, il faut que tu le saches, aurait-elle pu tout de même ne pas le laisser partir.

M. Rivelois s'arrêta un peu, comme peiné de ce qu'il disait.

— Il m'en coûte de te parler ainsi, ma petite Aimée; tu sais que je pleure toujours ta mère, notre fille chérie. Mais je veux que tu sois au courant de tout, et que tu puisses profiter des douloureuses expériences faites par tes parents. Ta chère maman avait été gâtée comme tu l'es toi-même; mais j'avais laissé ta grand'mère absolument maîtresse de l'élever à sa guise... Pour toi, tu le sais, j'ai voulu m'en mêler un peu, pour contrebalancer ce que je trouvais d'excessif dans les principes et les théories de notre bonne grand'maman.

— C'est vrai, observa Aimée, que tu t'es toujours bien occupé de moi aussi.

— Parce que j'ai voulu te préserver de l'erreur qui a causé le malheur de ta pauvre mère, et que ta vie ne fût pas gâchée comme la sienne. Ma chère femme a été élevée jadis dans les principes les plus sévères de la morale, et en cela je n'ai eu qu'à approuver: c'est vrai. Mais elle n'a pas su s'adapter aux êtres et aux choses qui ne lui ressemblaient pas. Tout ce qui est différent d'elle est mauvais: elle part de cette déclaration. Je n'en ai cependant pas souffert, moi, parce que nous nous aimions beaucoup, d'abord et qu'ensuite, elle considère son mari avec cette nuance d'égards que les femmes d'autrefois professaient toujours pour l'époux. Mais la chère Alice eut tous ses préjugés, toutes ses erreurs sentimentales. Au premier choc, elle se replia sur elle-même en silence, et tout fut brisé. Elle en souffrit jusqu'à en mourir, mais elle ne fit pas un geste pour essayer de sauver la situation.

Ému à ces souvenirs, M. Rivelois se tut un instant. Dans la villa voisine, on entendait un piano ferrailleur jouer des airs patriotiques. Le grand-père soupira:

— Il ne faudra pas être ainsi, ma chérie. Je veux que tu sois plus forte, afin d'être plus heureuse. Les faibles sont désarmés, vaincus d'avance; je me suis occupé de toi pour t'affermir, te rendre solide devant la vie. Fais-lui bon visage, et elle te sourira: voilà un de mes préceptes. Pour ton père, il est certain qu'on n'a rien fait qui eût pu l'empêcher de s'en aller. Il a eu ce tort, de partir, et, se sachant veuf, se remariant, de ne jamais chercher à te revoir. Nous t'aurions gardée quand même. J'aurais voulu cela; je l'espérais. Mais la grand'mère en eût été malade et je n'ai pas insisté. Aujourd'hui, si cet homme s'est repenti et amendé, nous devons l'accueillir, car il est ton père, et tu as droit à son affection, pour tardive qu'elle soit.

Aimée était de cet avis.

— Mais grand'maman ne voudra jamais!

— J'espère que si.

Le facteur, ce soir-là, apporta la première lettre d'Adrien. Le timbre: *Trésors et Postes*, la mention: *envoi d'Ad. Thirion, lieutenant au ... d'Artillerie*, fit battre le cœur d'Aimée. Elle trouva très crâne cette façon de dater sa lettre: *Aux Armées*. Comme c'était beau, cela!

Adrien écrivait simplement, ce qu'il faisait, ce qu'il espérait, ce qui occupait sans cesse ses pensées. Dans peu de temps, quand il serait un peu à l'arrière, pour quelques jours, il écrirait longuement à sa mère, pour s'expliquer nettement avec elle, ce qu'il n'avait voulu essayer de nouveau, avant son départ. On sentait l'énergie, la volonté absolue.

— Si elle ne veut pas, tu sais, dit Aimée, il faudra tout de même la laisser passer outre, car elle serait une mauvaise mère, une mère dénaturée!

La jeune fille s'animait, à cette pensée. Mais son grand-père la calmait:

— Il faut savoir attendre, chérie, et le bon,

heur né peut, ne doit pas s'édifier trop vite. Méfions-nous de ces bonheurs acquis sans souffrance par de très jeunes gens, sans efforts, sans larmes. Ils ne sont pas solides, et, s'ils durent tout de même, quelquefois, c'est que les circonstances sont venues à leur aide et que d'autres éléments les soutiennent, comme on maintient, avec des poutres, une bâtisse qui voudrait tomber. Mais nous autres, mon enfant, nous voulons bâtir lentement, à chaux et à sable, comme on dit.

Pendant les jours qui suivirent, M. Rivelois et sa petite-fille s'arrangèrent pour se promener seuls dans l'après-midi. Ils rejoignaient Prosper Briet du côté d'Enghien, dans un endroit assez solitaire, où l'on pouvait librement causer. La grand'maman ne ressentait ni surprise, ni défiance de ces sorties. Elle n'avait jamais aimé la marche, et restait volontiers assise au jardin, tandis qu'Aimée et son grand-père, plus actifs, la quittaient pour quelque promenade. En voyage, en vacances, il en allait de même. Elle les attendait sur la plage, ou en quelque joli coin choisi, un livre, un petit ouvrage avec elle. Sa pensée les suivait; elle se disait: « ils aiment cela » et elle se déclarait satisfaite.

Vers la fin de la semaine, Prosper Briet avait achevé de conter à M. Rivelois sa douloureuse histoire. Si la justice qu'on dit immanente doit vraiment s'exercer sur un coupable, celui-là avait été logiquement puni, mais il avait le droit de trouver que l'expiation était consommée.

Ses plus grandes souffrances et, il fallait bien l'avouer, ses moindres torts, avaient commencé avec son second mariage. Cette femme, Mme Thirion, l'avait tout simplement rendu très malheureux.

— Elle a été comme l'instrument dont la Providence s'est servie pour me punir. En l'épousant, j'avais cru me relever de ma première chute. J'avais commencé à en souffrir, à comprendre ma grande part de responsabilité dans tout ce qui s'était passé. Cette femme m'a rejeté au fond du trou, et plus profondément encore. J'ai pourtant été bon pour son fils, qui est bien le seul être qu'elle aime mieux qu'elle-même.

Aimée était suspendue à ses lèvres, alors qu'il parlait de l'enfance d'Adrien, enfance studieuse et gaie, mais bonne et charmante.

— Je ne lui connais qu'un défaut, disait-il: un peu d'entêtement. Mais je dois dire qu'il ne s'en est jamais servi que pour bien agir.

M. Rivelois avait voulu qu'il connût le projet de mariage entre Aimée et Adrien. Mais Prosper se rembrunit encore:

— Vous aurez, avança-t-il, toutes les peines du monde à obtenir le consentement de sa mère, car elle a jeté son dévolu sur les Lormiez, et son projet est double, puisqu'elle voudrait épouser monsieur Lormiez, dont elle destine la fille à Adrien.

— Savez-vous si les Lormiez accepteraient une femme divorcée? interrogea M. Rivelois.

— Il paraît que oui. Madame Thirion a voulu me dire tout cela elle-même, pour me prouver, sans doute, qu'elle a su se passer de moi et

qu'elle me retire de sa vie sans le moindre espoir de retour.

Aimée, une lueur dans ses yeux bleus qui se nuançaient de vert, s'exclama vivement:

— Je réponds d'Adrien, moi! Elle ne le changera pas, et elle échouera!

— C'est ce que je crois. Et peut-être alors perdra-t-elle en même temps le père...

— Tant mieux! Est-ce qu'on se marie trois fois! se récria la jeune fille avec tant de véhémence que les deux hommes se sourirent faiblement.

Ce soir-là, comme ils se quittaient, la poignée de mains que donna M. Rivelois à son gendre fut cordiale et sans réticences. Alors, Prosper, se sentant pardonné, s'avança tout près d'Aimée, et, presque humblement, demanda à l'aïeul:

— Vous me permettez... vous ne me refuserez pas d'embrasser ...ma fille!

Le grand-père acquiesça d'un signe. La petite, toute joyeuse, tendit ses joues:

— Père... commença-t-elle.

Mais un gros sanglot, qui secouait le pauvre homme, l'arrêta. Très bas, Briet gémissait:

— Pardon! oh! pardon!...

Ses yeux suppliaient M. Rivelois qui, très impressionné, murmura, lui tendant de nouveau la main:

— Je vous pardonne. Vous avez souffert, et je vous sens très sincère... Je vous obtiendrai le pardon de ma femme. Mais ce sera plus dur.

Sur les joues de la jeune fille, le sergent Briet déposa deux baisers fervents et timides. Il disait, très bas:

— Aimée!... Ma petite Aimée si bien nommée!... Ma fille!

XIV

MAINTENANT, on recevait presque quotidiennement des nouvelles d'Adrien. Il était dans cette région de la Somme, sur laquelle se terminait, rapidement et splendidement, la longue guerre.

Il écrivait: « Nous allons attaquer... Ce doit être pour demain ». Ou bien: « Je suis heureux, ça marche, ça court; la fin glorieuse approche. Le canon fait rage ».

Et toujours ces: « Je suis heureux ».

Aimée aussi était heureuse. Elle avait la certitude absolue que son cher Adrien lui reviendrait. Il ne serait même pas blessé. Il disait: « Vous êtes mon ange gardien; il ne m'arrivera jamais rien tant que nous nous aimons ». Et elle sentait qu'il le croyait, comme le fidèle croit aux mystères les plus incompréhensibles de la religion.

Cependant, on attendait, pour lui apprendre l'existence de Prosper Briet, qu'on l'eût révélé à Mme Rivelois. Son mari se décida un matin, alors qu'Aimée était à l'hôpital. Le premier choc fut très rude; mais M. Rivelois, dès qu'il parlait à sa femme, trouvait les mots qui apaisent et convainquent. Il jouissait auprès d'elle du rare privilège d'être toujours écouté et compris.

Et puis, Mme Rivelois avait le respect des

lois divines et humaines, et le sentiment très développé de ce qu'on nomme l'instinct de nature. Tous les liens naturels lui étaient sacrés: un père, une mère, des enfants, des frères et sœurs, formaient plutôt un tout qu'ils n'étaient des individus séparés. Ils devenaient les branches, rameaux et ramuscules du tronc, et l'on ne devait les séparer que contraint et affligé.

Or, Prosper Briet était le père d'Aimée. Son abandon avait été odieux, car renier son sang est un crime. Mais il avait expié, il avait souffert, souffrait encore. Et puis, son ex-femme était contre lui, se montrait dure à son égard, cette femme que détestait maintenant Mme Rivelois.

— Tu as eu raison! approuva-t-elle plus tôt que son mari l'eût osé espérer. Il faut savoir pardonner, et, malgré le souvenir si pénible du malheur de ma pauvre enfant, je veux essayer de n'en plus vouloir autant à cet homme, surtout s'il continue à se montrer digne de nous.

M. Rivelois était certain que Prosper Briet, usé par les chagrins, s'était métamorphosé. Il osa même avancer, sans trop compter sur un succès, que cet homme n'avait jamais, au fond, été méchant...

— Des travers des défauts, si tu veux; mais pas de vices. Et il aurait sans doute été sensible à l'indulgence.

Chose curieuse! La grand'maman se taisait. Elle se tenait là, muette, devant le passé qui parlait si haut. Elle évoquait des évènements depuis longtemps révolus; elle entendait sa conscience d'honnête femme, scrupuleuse et attentive, mais un peu dure et intransigeante. Ses traits se tendaient sous l'effort. Sa bouche était crispée. Quelque chose en elle luttait désespérément, et c'était son orgueil de mère qu'agonisait, mais ne voulait pas mourir.

— Cet homme... commença-t-elle.

Mais elle ne put aller au-delà. Une grande vague houleuse lui traversa la poitrine. Elle pleura.

Son mari la pressa tendrement sur son cœur. Comme ils sentaient en ce moment, les deux vieux époux, la force d'une longue tendresse faite de confiance et de sécurité!

— Pour le bonheur de notre chérie, dit-il, nous ferons ce dernier sacrifice: nous reverrons cet homme, afin qu'elle ait retrouvé vraiment son père.

— Et s'il veut nous l'enlever?

— Ne le crois pas. Outre qu'il a perdu tous ses droits sur elle, qu'elle peut être émancipée, puisqu'elle a dix-huit ans et échapper à son autorité, il ne voudra pas nous affliger. Il m'a promis de ne faire que notre volonté. Il verra Aimée où et quand nous le voudrons. Il ne saurait avoir aucun projet contre notre tranquillité à tous les trois sans se faire haïr, alors qu'il désire se faire aimer.

Au déjeuner, la conversation prit un tour nouveau: il ne s'agissait plus que de Prosper Briet. Ce nom naguère encore abhorré était prononcé sans haine ni animosité. Pourtant, Mme Rivelois apprécia qu'Aimée donnait tout de suite trop d'affection à celui que sa grand'mère qualifiait encore d'inconnu pour elle:

— Tu ne vas l'aimer plus que nous, maintenant! se récriait-elle de ce ton craintif qui lui était coutumier.

Mais deux baisers sonores de sa petite-fille la rassuraient pleinement.

— Tu ne sais pas ce que je voudrais, moi, grand'maman?

Et Aimée déclarait avec conviction:

— Je voudrais l'amener à reprendre la vie commune avec Mme Thirion, voilà!

Comme elle avait un beau sourire de foi et d'espérance, son grand-père se mit à rire de bon cœur:

— Ça, par exemple! Tu en as des idées! Tu sais que cette dame n'a pas l'air d'y tenir, et, quant à Prosper, tu ne lui désires guère du bonheur. C'est une vraie punition que tu lui souhaites là!

Mais Aimée avait son idée. Quand elle aurait épousé Adrien, leur vie heureuse serait comme un ciment pour celle des parents. Grand-papa et grand'maman ne seraient jamais bien loin. On ne se quitterait presque pas.

— Mais si mon père reprenait sa femme qui est la mère d'Adrien, nous pourrions les voir ensemble eux aussi. Et il semble que ce serait mieux qu'il n'y eût point de séparation dans notre famille.

Le soir, en arrivant pour servir le dîner à l'hôpital, — cinq heures, comme à la caserne, — Aimée eut une surprise désagréable. Une infirmière-surveillante lui dit:

— Nous avons fait une excellente recrue qui va nous consoler du départ de madame Thirion: c'est son amie, mademoiselle Simone Lormiez qui est, paraît-il votre voisine depuis quelques jours.

— Je ne la connais pas, répondit froidement Aimée.

— Vous aurez vite fait connaissance, riposta la surveillante avec un sourire exquis. Elle vous aidera, aux mêmes tables que vous, et, comme vous connaissez la maison, vous la mettrez au courant.

Puis d'un air où il entrait une grande marque d'égards:

— C'est une demoiselle des mieux, très riche. Elle vit avec son père. Ils ont auto et tout...

Aimée demeura inerte Elle n'avait pas vu l'auto, peut-être réquisitionnée, ou privée de son chauffeur par la guerre. Mais le *tout* qui avait terminé l'énumération lui suffisait: Mlle Lormiez exhibait les signes extérieurs de la richesse.

— La voici, tenez! fit tout-à-coup la surveillante. Je vais faire les présentations, puisque vous ne vous connaissez pas!

Elle avait certainement l'intention d'ajouter: « ce qui et bien surprenant pour des voisins ». Mais elle s'avançait vivement vers Simone Lormiez.

Aimée accepta la poignée de mains qui lui fut octroyée, et pensa: « Elle sait qui je suis ». Car le regard de Simone avait cherché à la dominer tout de suite.

Mlle Lormiez était une longue et mince jeune fille à la physionomie de jeune femme **très** avertie, qui serait désolée de passer pour ingénue et même pour innocente. Une voix très grave faisait penser qu'elle devait chanter les *contralto*. Son élégance était souple, recherchée, les soins de sa personne raffinés, avec cependant, cette allure assez lâchée qui semble aujourd'hui avoir beaucoup de partisans. Elle exhalait un parfum suave et violent à la fois. Elle parlait très haut, avec désinvolture et aplomb. Elle joua médiocrement l'attendrissement au récit des blessures que soignait l'hôpital, mais manifesta avec force le désir de se rendre utile.

— Mieux vaut tard que jamais, car la guerre va finir. Mais mon père s'y refusait toujours.

Elle fit beaucoup d'effet auprès de soldats sous la blouse très bien repassée, dont la fine toile brillait de coups de fer savants. Sa coiffe était d'un linon arachnéen; elle s'était chaussée de souliers à talons Louis XV, blancs sans taches, découverts sur des bas transparents.

— Une demoiselle *de la haute!* souffla Pacault à Aimée, qui ne lui répondit rien.

Comme elles avaient le même service et qu'elles habitaient porte à porte, il était difficile à Aimée de ne pas accepter sa compagnie, pour rentrer à la maison. Et la petite, très peu enthousiaste, se disait avec ennui: « Alors, il en sera donc ainsi tous les soirs? »

Lorsqu'elles furent dehors, Simone, qui la dépassait de la tête, lui dit nettement, la regardant avec hardiesse :

— Je vous connais très bien vous savez! Et je suppose que vous en avez autant à mon adresse!

— Comment voulez-vous? fit Aimée sans conviction.

— Parce qu'on vous a parlé de moi comme on m'a parlé de vous: ce n'est pas plus difficile que ça! Seulement, cela ne veut pas dire qu'on s'est exprimé de la même façon. A moi, on m'a fait votre éloge; mais je jurerais que ce fut juste le contraire pour vous.

— Comment croyez-vous cela?

— Parce que je m'y connais! Et votre figure, à notre première rencontre, m'aurait renseignée si je ne me doutais déjà de la vérité!

Aimée se sentait dans l'absolue impossibilité de répondre quelque chose qui eût du sens. Et comment parler pour ne rien dire? Son hésitation permit à Mlle Lormiez de continuer:

— Soyons franches toutes les deux: cela vaudra bien mieux! Vous êtes trop jeune encore pour ne pas être intimidée; mais moi, j'ai bientôt vingt-cinq ans: c'est une autre affaire!

Aimée cherchait toujours ce qu'elle pourrait dire. Parler d'autre chose? Montrer, par son attitude, qu'elle ne désirait pas continuer cet entretien? Mais l'autre, sans doute, ne le lui permettrait pas, car elle tenait certainement à cette conversation qu'elle avait choisie et qu'elle poursuivrait seule. Elle la reprit très vite:

— Moi, je ne suis pas timide; je ne l'ai même jamais été. Nos amis disaient toujours que j'avais un aplomb extraordinaire, quand j'étais enfant. Personne ne m'aurait empêchée de dire ce que je voulais, ou ne m'aurait pas forcée à faire quelque chose contre ma volonté!

— C'est affaire de tempérament et d'éducation, put enfin prononcer Aimée.

— Je ne dis pas non; mais on peut pourtant bien, lorsqu'on arrive à un certain âge, dominer son tempérament et ne plus subir l'éducation reçue, comme un mioche de huit ans! se récria Simone d'une voix déterminée. Je vous dis cela pour vous. Je viens de vous observer, tout à l'heure, à l'hôpital. Vous êtes bien trop déférente, bien trop réservée... Je vous parle dans votre intérêt.

Cette fois, Aimée, qui se remettait toujours assez vite de ses surprises, regarda Simone bien en face de ses yeux vert-bleu, tranquilles et limpides:

— Je vous remercie, prononça-t-elle simplement; mais je ne changerai pas.

— Tiens! Quelle idée! Qu'en savez-vous?

— J'en suis certaine, parce que je n'essaierai pas. Alors...

Simone se tut un instant. Son visage avait pris une expression un peu ennuyée.

— Comme vous voudrez, fit-elle: cela vous regarde, après tout! Mai j'ai autre chose à vous dire!

La toisant, en s'arrêtant de marcher:

— Vous connaissez les Thirion, n'est-ce pas?

— Mais... oui...

— Eh bien! Il faut que vous sachiez que je serai fiancée bientôt à Adrien Thirion, le lieutenant, vous savez!

Aimée se sentit comme un vif désir de violence et de bruit. Parler haut, crier, même, et s'exclamer sans arrêt: « C'est moi, moi seule la fiancée! » eût été une joie physique et morale une sorte de bien-être si violent, qu'elle en était, d'avance, comme étourdie.

— Je crois que vous vous trompez! osa-t-elle dire en gardant tout son calme malgré son désir de mouvement.

Un éclat de rire strident déchira le silence de la grande avenue boisée. On eût dit, plutôt qu'un rire, le cri de combat d'un animal méchant. Combien il était peu naturel, comparé au rire charmant, ingénu comme un matin de printemps comme un bouton de rose, qui montrait les petites dents laiteuses d'Aimée, quand elle s'amusait innocemment!

Simone avait la voix saccadée et dure, malgré sa gaîté apparente, en s'écriant, car elle parlait haut et les passants saisissaient des bribes de ses propos:

— Vous êtes tordante! C'est bien ce que me disait madame Thirion: vous êtes tellement naïve que c'en est touchant! Ainsi, vous avez cru que le lieutenant Thirion pense à vous! Ne savez-vous donc pas que ces jeunes officiers courtisent toutes les jeunes filles, du moment qu'elles ne sont pas absolument laides! S'il leur fallait épouser toutes celles à qui ils ont fait des déclarations!...

Aimée ne souffrait même pas de ces propos qui la choquaient et offensaient sa tendresse. Elle avait la parole d'Adrien; sa confiance en lui était absolue et illimitée. En ce moment, elles passaient, elle et Simone, tout près de l'arbre où Aimée savait qu'une date, récemment avait été gravée par la chère main. Elle eut un regard chargé de douceur émue pour le vieil arbre: c'était un ami, à qui elle faisait signe en passant, comme s'il pouvait lui répondre.

Mais discuter cela avec cette demoiselle audacieuse jusqu'à l'effronterie, et, sûrement, méchante, ce qui est pire, non, elle ne le ferait jamais! Elle était trop fière de cet amour qui, désormais, lui montrerait la route de la vie. En parler avec cette femme, le déchirer par les réflexions mal sonnantes, cela, non, elle ne le voulait pas!

Comment, cependant, briser cette conversation? Aimée ne devait-elle pas à Adrien de dire un de ces mots définitifs qui imposent silence aux insolents? On l'attaquait devant elle: ne le défendrait-elle point? Ne l'eût-il pas fait, lui, dans les mêmes circonstances? Ah! si grand-papa était là, les choses se passeraient autrement!

Malgré tout son désir de faire connaître sa confiance en celui qu'elle considérait comme un fiancé, Aimée, en cet instant, pensa qu'elle n'avait pourtant pas encore ce droit. Les fiançailles n'étaient pas connues; Adrien n'était qu'un ami. Cette pensée fut tellement pénible à Aimée qu'elle lui donna soudain le courage de prendre une résolution. Très froidement, sans tendre la main, elle lui disait :

— Veuillez m'excuser. Mes parents m'attendent, et je ne voudrais pas vous forcer à marcher trop vite.

Déjà elle était loin, trottant, rapide, sur la route dont une moitié vibrait de soleil tandis que l'autre dormait dans l'ombre fraîche des arbres.

Et ce fut Simone Lormiez qui, cette fois, demeura interdite.

XV

UN simple déjeuner de famille réunissait M. et Mme Rivelois, Aimée et son père. Prosper Briet avait franchi avec crainte le seuil de ses anciens beaux-parents; mais la grand'maman avait donné sa parole de l'accueillir courtoisement, et elle la tenait.

— Je ne vous dis pas que je vais lui sauter au cou, avait-elle déclaré le matin, en manière de réticence.

Et les deux avaient répondu:

— Nous ne t'en demandons pas tant!

Mais elle avait affirmé sa volonté de dire quelques mots à Prosper, en l'abordant, après si longtemps. Et ces mots avaient été ceux-ci:

— Je ne vous ferai point de reproches, car mieux vaudrait alors ne vous pas recevoir du tout. Cependant, je veux pouvoir reparler du passé devant vous, comme nous en parlons entre nous. Je ne veux pas que vous puissiez croire qu'on n'y pense plus quand vous êtes là. Notre fille vit toujours au milieu de nous.

Mais le souci de cette enfant nous a déterminés à vous recevoir.

— Je le sais, murmura Prosper.

Les souvenirs, d'ailleurs, étaient moins pénibles ici qu'ils l'eussent été à Paris, dans le vieil appartement depuis si longtemps habité. Dans cette villa où les meubles mêmes étaient étranger, la pauvre Alice n'avait jamais vécu. Rien n'était lié à sa mémoire. Aucun objet qui lui était familier, nul endroit qu'elle préférait. C'était la maison banale, hier louée à d'autres, demain laissée à d'autres encore. C'était mieux, pour recevoir Prosper Briet: ici, vraiment, c'était moins douloureux.

Lui, cependant, contait toujours les détails de sa vie. Il n'était plus qu'un homme terrassé par le malheur, et qui n'essaie même plus de lutter.

— Ma vie matérielle, cependant, est assurée, leur confia-t-il, et si la guerre m'épargne je suis certain de n'avoir plus d'inquiétude sous ce rapport. Après que j'ai eu essayé bien des choses, j'ai trouvé, chez un artiste décorateur, une besogne constante et qui me plaît. Vous vous souvenez peut-être que j'aimais à barbouiller un peu, autrefois?

— Vous aviez de très grandes qualités de coloriste, dit M. Rivelois, et ce petit paysage que vous avez offert à notre chérie met ces qualités en évidence.

— L'art décoratif m'a réussi, continua Prosper, et le maître que j'aide ne me laisse pas chômer. Quant à la gloire... je m'en désintéresse totalement.

La cloche de la grille, en sonnant fortement, interrompit la conversation. Clairon aboyait pour indiquer que la visite ne lui plaisait point.

Cependant, après quelques minutes, la jeune bonne entra et parla discrètement à M. Rivelois:

— C'est cette dame, l'ancienne dame de la villa d'à-côté: elle veut parler à monsieur.

— Comment! s'exclama à haute voix M. Rivelois, c'est madame Thirion! Vous auriez pu dire que nous sommes à table, voyons Julia!

— Je l'ai dit, monsieur; mais cette dame a dit que ça ne fait rien du tout. Pour un peu, elle serait entrée dans la salle à manger, j'en avais assez peur!

— C'est bon; priez-la d'attendre un instant.

Quand Julia fut sortie Mme Rivelois s'exclama:

— C'est trop fort, cela, par exemple!

— Que peut-elle nous vouloir?

Prosper, un pâle sourire sur les lèvres, avança:

— Elle sait peut-être que je suis là!

— Que voulez-vous qu'elle ait à vous dire?

Quelques secondes de silence passèrent. M. Rivelois s'était versé un demi-verre d'eau qu'il avalait, et il s'apprêtait à se lever de table, lorsque Prosper, d'un ton résolu, prononça:

— Si j'y allais, tout de même! Si j'y allais de votre part!

— Oh! comment voulez-vous?

— Si j'y allais pour la mettre dehors, parce que vous ne l'oserez pas faire, et pour lui dire que je vous aiderai à défendre le bonheur de mon enfant, qu'elle vient essayer de détruire!

— Vous pensez donc qu'il s'agit d'Aimée? demanda craintivement Mme Rivelois.

— J'en jurerais: elle vient vous dire de renoncer à Adrien.

— Elle n'a plus de droits sur lui, après tout!

— Non, mais elle lui coupera les vivres, comme on dit, et elle espère le prendre par là!

— Elle en sera de ses frais! affirma Aimée.

Debout, M. Rivelois déclara:

— J'y vais moi-même: cela vaut mieux.

Et il sortit de la salle à manger.

Mme Thirion, en tailleur de crépon cotonneux — nouveauté très recherchée de la saison — allait et venait dans la petite pièce dénommée salon. Elle s'avança, rapide, vers M. Rivelois. La poignée de mains, les banalités d'usage furent si vite échangées que ni l'un ni l'autre ne s'en aperçut. La visiteuse qui était visiblement agitée, parut comme une nouvelle venue aux yeux du grand-père d'Aimée, qui se demanda si c'était bien la personne qui fréquentait la villa, peu de jours auparavant. Très vite, elle disait:

— Je suis venue vous dire, monsieur, que mon fils ne se mariera jamais contre mon gré!

M. Rivelois, qui avait pressenti une scène, se vit tout de suite devant cette scène même. Sans lenteur, il était entré en pleine action. Devant cette femme en proie à ses nerfs, il se promit de garder tout son calme. La regardant un peu de haut en bas, car il était beaucoup plus grand qu'elle, il demanda, l'air surpris:

— Est-ce que c'est pour me dire cela, madame, que vous me faites l'honneur de venir jusque chez moi?

C'était un peu inattendu, et Mme Thirion avait cru, comme tous les gens qui perdent leur sang-froid, se trouver devant des ripostes, des discussions, des paroles de colère mal contenue. Elle eût aimé cela, qui eût favorisé cette sorte de fureur dont elle se sentait possédée. Mais le calme est l'attitude la plus déconcertante pour quiconque l'a perdu. Elle répondit donc, ponctuant ses mots de mouvements inutiles et de regards superflus :

— Mais oui!... mais certainement!... Je veux que vous sachiez cela... Adrien a beau être majeur, je le tiens... entendez-vous, monsieur, je le tiens! Si je ne lui donne, il n'aura rien, rien, rien!

M. Rivelois eut un sourire ironique:

— Je ne comprend toujours pas, madame, quel fut votre dessein en venant ici pour me dire ces choses!

Cette hauteur de gentilhomme qui ne veut pas comprendre eut pour effet de mettre hors d'elle Mme Thirion. Elle clama, haussant la voix:

— Oh! naturellement, vous faites l'ignorant, et vous n'entendez pas ce que je vous dis. Mais je suppose, moi, que vous le devinez fort bien! Non?... Alors je mettrai les points sur les i...

D'un ton sec, M. Rivelois lui coupa la parole:

— Pardon, fit-il, vous seriez bien aimable de ne pas élever ainsi la voix. Ma femme est dans la pièce voisine, et elle a une sensibilité telle qu'elle pourrait s'émouvoir en entendant parler si fort...

Ce fut comme le retrait subit du lait, hors d'un feu sur lequel il menace, bouillant, de se répandre. La voix s'abaissa, les mots s'apaisèrent. Mais les choses dites n'en étaient pas meilleures: Adrien n'avait que sa solde, rien que sa solde; son père avait laissé à sa propre femme l'usufruit de tous ses biens; il faudrait donc attendre sa mort, à elle, pour entrer en possession de sa fortune. Elle avait toujours promis de servir à Adrien, le jour de son mariage, une jolie rente; déjà même depuis qu'il était à la guerre surtout, elle n'avait pas compté avec lui...

— Mais je vous certifie que s'il se mariait contre mon gré, il n'aurait plus rien de moi. Et ça peut durer longtemps, car je ne suis pas encore vieille! Il se débrouillera avec sa solde, et tant mieux si votre petite-fille lui apporte une dot!

Ce mot, lui évoquant Aimée, fit bondir l'aïeul:

— Que vient faire ici ma petite-fille? demanda-t-il d'un ton sévère. Je ne vous autorise pas à me parler d'elle sur ce ton!

Mais Mme Thirion, s'animant de nouvau, reprit:

— Je vous en parle, moi, parce que mon fils s'en est toqué et que j'ai d'autres projets pour lui!

M. Rivelois ne lui permit pas d'aller plus loin:

— Ne continuez pas cette scène stupide, madame, fit-il très froidement; je ne saurais le supporter plus longtemps. Ce que vous êtes venue me dire ne m'intéresse nullement et n'intéressera pas davantage ma femme et ma petite-fille. C'est là des choses qui ne nous regardent pas!

Mme Thirion eut un mauvais rire:

— Votre petite-fille sera d'un autre avis! s'écria-t-elle avec une grimace de mépris ironique, et j'imagine que le mariage d'Adrien avec Mlle Simonne Lormiez ne lui sera pas indifférent!

M. Rivelois pâlit un peu. Il se redressa, se tourna vers les deux vantaux peints de blanc qui s'ouvraient sur d'antichambre:

— Madame, prononça-t-il tandis que sa voix tremblait un peu, je n'ai jamais montré la porte à une femme; ne me forcez pas à le faire pour la première fois!

Mais en parlant ainsi, cependant, il se dirigeait vers l'issue, prenait en main le bouton d'émail:

— Je vous serais très obligé de me laisser, ajouta-t-il d'un ton glacial.

Et il ouvrit toute grande la porte. Du jour entra, chaud, aveuglant. Dans la salle à manger, de l'autre côté, on n'entendait absolument rien.

Mme Thirion crut dominer M. Rivelois en l'enveloppant d'un de ces regards moins de jolie femme en colère qui voudraient massacrer celui sur qui ils tombent lourdement :

— Je m'en vais, fit-elle sourdement; mais pas avant de vous avoir déclaré que mon fils ne voudra jamais me pousser à bout.

— Il est majeur! riposta M. Rivelois en appuyant sur un bouton de sonnerie.

Presque aussitôt, Julia apparut; on eût dit qu'elle attendait d'être appelée.

— Reconduisez madame, ordonna froidement M. Rivelois.

Puis, sans saluer la visiteuse, il rentra dans la salle à manger.

Tout d'abord, il se tut, ne pouvant encore rien répondre aux regards interrogateurs des trois qu'il avait laissés à table. Il se dirigea vers la fenêtre, regarda à travers le jardin. Il entendit la grille qui se refermait, et vit la bonne revenir en courant.

— Comme elle parlait fort! s'exclama à mi-voix Mme Rivelois.

Mais Julia rentrait, et le grand-père d'Aimée lui disait:

— Julia, vous reconnaîtrez cette dame, n'est-ce pas?

— Oh! mais oui; monsieur! Je la connaissais déjà...

— Oui?... Eh bien! Nous n'y serons jamais pour elle, ni madame, ni mademoiselle, ni moi! Jamais: vous entendez?

— Oui, monsieur!

Et quand la petite bonne fut sortie M. Rivelois s'adressant à Aimée lui disait:

— Tu sais, mon enfant, il faut être très forte; mais ton mariage avec Adrien est en péril...

Il s'arrêta: Aimée, blanche soudain comme la nappe blanche qui couvrait la table, fermait ses beaux yeux et inclinait la tête comme un jeune lis fauché. Prosper Briet eut un cri étouffé en la recevant dans ses bras.

XVI

UELQUES jours plus tard, Prosper Briet fut évacué définitivement. On le versait dans l'auxiliaire, son état général ne lui permettant plus de faire partie des troupes combattantes, et on l'envoyait dans un dépôt du centre, jusqu'à nouvel ordre.

Il s'en allait moins heureux qu'il l'avait espéré. Sa fille, devenue tout l'espoir et la raison même de sa vie, souffrait d'un immense chagrin. Et il se sentait responsable de son malheur, dans une grande mesure, car sans lui, probablement Mme Thirion n'eût pas soulevé d'obstacles entre son fils et la petite Aimée. La question de fortune n'ayant jamais été abordée, ne lui semblait qu'un mauvais prétexte.

Après quelques jours d'une grande dépression, Aimée, de nouveau, s'était ressaisie. Les communiqués de guerre devenaient triomphants, et ceux qui pleuraient leurs morts en étaient plus fiers chaque jour, pour ce qu'ils avaient préparé, qu'on réalisait enfin. Le bruit du canon s'éloignait; les attaques nocturnes avaient cessé ainsi que les obus monstres du gros canon.

Comment souffrir, avec de telles espérances qui chantaient autour de soi, ainsi que les oiseaux du printemps, ivres de joie et de vie, en comprenant que l'hiver est fini?

Cependant, les Rivelois attendaient une lettre d'Adrien depuis plusieurs jours. L'angoisse commençait à étreindre Aimée. Est-ce qu'il allait tomber à la veille de la grande victoire, comme ces malades qui passent l'hiver et meurent au printemps, quand éclosent les fleurs? On le savait dans les secteurs de la Somme, toujours meurtriers: que lui était-il arrivé?

Enfin, une petite carte vint calmer les terreurs: elle marquait simplement: « Tout va bien, lettre prochaine ». Il vivait; il n'était pas blessé; Aimée se sentit revivre.

On lui répondit. La jeune fille fut autorisée à lui conter la visite de sa mère à M. Rivelois.

Et l'on attendit encore.

La réponse d'Adrien fut assez prompte, cette fois, et telle qu'on la souhaitait: Non seulement il désapprouvait cette démarche de sa mère, indiscrète et incorrecte, mais il jurait qu'il épouserait Aimée aussitôt que ses parents à elle le leur permettraient. Qu'importait que la guerre fût ou non finie? N'y était-on pas habitué, maintenant, et le soldat croit-il au danger? Que M. et Mme Rivelois disent oui, et le mariage pourrait s'accomplir dans les plus brefs délais, la loi simplifiant d'extraordinaire façon les formalités pour les soldats combattants.

Cette proposition émut beaucoup Aimée et fit monter à ses joues une charmante rougeur. Être mariée dans quelques jours, être la femme de ce héros qui viendrait l'épouser entre deux combats! Quel rêve splendide, sublime, effrayant à force d'être grand et beau! Et justement, voici qu'elle recevait de lui une nouvelle carte: « Nous avons attaqué. J'ai pu faire quelque chose de très utile; je suis proposé pour la Croix d'Honneur, et mon commandant m'affirme que je serai nommé capitaine avant la fin de la guerre. »

On sentait du bonheur, sous ces mots. L'amoureux se battait pour la France, oui, certes; mais la patrie aimée était maintenant représentée par deux yeux bleus aux reflets verts, comme l'eau des rivières, sous un beau ciel, dans les prairies... Adrien mettait sa Croix aux pieds d'Aimée, la si bien nommée, disait-il. Ce ruban couleur du sang chaud, il le lui apporterait la prochaine fois.

La prochaine fois!

M. Rivelois, appuyé sur sa femme, n'avait pas consenti à un mariage trop hâtif et précipité.

— Et nous ne voulons pas qu'il réfléchisse si peu, maintenant que sa mère a parlé de ne lui donner aucune rente.

— Les soldes sont augmentées et le seront encore, affirma Aimée. Nous ne serons pas riches; mais nous pourrons vivre.

Mme Rivelois sentait remonter en elle ses griefs, un instant refoulés, contre Prosper Briet.

— Sais-tu combien cet homme t'a *mangé?* demanda-t-elle brusquement à sa petite fille. Toute la dot de ta mère, ma pauvre chérie! Deux cent mille francs, qu'il a été impossible de reprendre, de même qu'on n'avait pu les sauver à temps.

— Que veux-tu, grand'maman? N'y penses plus, puisque tu lui as pardonné!

— Oui! Et bien! Si tu les avais, ces deux cent mille francs, ce serait tout de même mieux! Et nous aurions même fait dessus des économies qui s'y ajouteraient, aujourd'hui!

— Il faut oublier cela.

Autre chose inquiétait Aimée plus gravement: ses grands-parents semblaient décidés à ne pas consentir au mariage tant que Mme Thirion n'aurait pas présenté sa demande elle-même, dans les formes correctes et consacrées.

— C'est une question de dignité pour nous et pour toi-même, ma chérie, disait M. Rivelois. Si tu entres ainsi dans cette famille, tu n'y serais jamais bien vue, et ta juste fierté en souffrira. Tu me répondras, je le sais, que l'amour de ton mari te suffira. Mais les parents sont là pour mettre leurs enfants en garde contre les périls de la vie. Nous avons de l'expérience.

— Je ne dis pas le contraire, grand-papa; mais tu ne voudras pourtant pas empêcher notre bonheur.

— Non, certes. Je tiens seulement à ce que vous le prépariez lentement, afin qu'il soit plus solide. En consentant à un mariage immédiat nous commettrions une grave imprudence.

— Qui te dit que ton mari ne t'en aimerait pas moins bientôt? hasarda Mme Rivelois sans conviction, mais avec le plus grand sérieux.

Aimée repoussa cette pensée: Adrien l'aimerait toujours, comme elle aimerait toujours Adrien. Rien n'entamerait sa certitude sur ce point.

On décida qu'il n'y avait qu'à attendre, puisque le mariage ne devait pas se faire tout de suite. Adrien ne changerait pas, mais sa mère changerait peut-être. Il fallait espérer cet heureux évènement.

Après le départ de Prosper Briet, la vie redevint calme et presque morose à la villa. Malgré sa confiance et son optimisme, malgré les fréquentes nouvelles qu'elle recevait d'Adrien, Aimée sentait sa gaîté enfuie loin d'elle. A l'hôpital, le travail était devenu très monotone. On ne recevait que rarement de nouveaux soldats, qui étaient déjà presque guéris. Sitôt le déjeuner, ils sortaient, tenant joyeusement la permission demandée dès le matin. Dans les lits, plus personne. A dix heures, les plus souffrants avaient le droit de se lever.

Aimée allait quand même aider à servir les repas, qui se prenaient dans un grand réfectoire, personne ne gardant plus la chambre. Elle avait continué d'y rencontrer Simone Lormiez; elle la saluait légèrement et ne lui parlait jamais.

Tout entière à ses pensées, Aimée n'avait point remarqué que les autres jeunes filles et jeunes femmes ne lui faisaient plus le même accueil qu'autrefois. Le médecin-chef lui-même, vieux praticien du pays, qui traitait toutes les infirmières en enfants, ne lui adressait plus de ces petites phrases plaisantes et paternelles qu'il aimait à décocher aux plus jeunes. Aimée ne voyait rien, semblait ne rien comprendre.

Elle paraissait ignorer aussi qu'il n'y avait plus qu'une infirmière admirée dans l'hôpital, et qu'elle était Simone Lormiez.

Un soir, comme elle arrivait pour le dîner, Aimée se vit appeler par la surveillante-chef:

— L'état de ma santé est devenu très mauvais, lui apprit cette personne, et je ne puis continuer mon service ainsi que je l'espérais, jusqu'à la fin.

— Cette fin approche, dit Aimée, et le travail est devenu bien plus doux. Vous ferez bien encore un effort, mademoiselle.

— Il serait au-dessus de mes forces, et je m'en vais demain, lui fut-il répondu. Mademoiselle Simone Lormiez veut bien me remplacer. D'ailleurs, maintenant, il n'est plus indispensable que la surveillante-chef couche à l'hôpital. Nous avons d'excellents infirmiers qui suffiront, et mademoiselle Lormiez, qui est si dévouée, pourra rentrer chez elle le soir.

Aimée eut la pensée subite que la surveillante, vieille demoiselle peu fortunée, fuyait devant la hautaine Simone, qui voulait commander en maître, partout où elle passait. Longtemps, la petite revit le pauvre visage flétri, si digne, si fatigué mais qui souriait, par fierté encore, ne voulant même pas avoir l'air de souffrir.

XVII

A partir de ce jour les choses se gâtèrent à l'hôpital. Des infirmières s'en allaient, les unes après les autres. On les remplaçait par des jeunes qui se soumettaient facilement aux exigences de Mlle Lormiez. Il n'y avait vraiment plus de soins à donner; mais la nouvelle surveillante bouleversait l'hôpital de fond en comble. Les salles, les lits, étaient chargés d'affectation; les armoires étaient vidées, nettoyées, rechargées. Et les ordres pleuvaient, pleuvaient...

— Mademoiselle Briet, je vous serais obligée de ne pas vous borner au service des repas... Nous avons besoin d'un travail de toutes les heures.

— Il a toujours été convenu que je ne viendrais que pour servir le déjeuner et le dîner, répondit Aimée. Mes parents ne m'ont laissée venir qu'à cette condition.

— Oui?... Eh bien! moi, je supprime ces services-là, qui deviennent inutiles, avec le nombre de nos infirmières. Vous viendrez toute la journée ou pas du tout!

— Je ne viendrai donc plus, riposta nettement Aimée. Je n'ai pas de scrupules, car nos soldats ne sont plus que des pensionnaires.

Puis, se ravisant:

— J'en parlerai cependant au médecin-chef.

Simone cligna insolemment les yeux:

— Le médecin-chef est de mon avis, fit-elle sèchement.

Et elle tourna le dos.

Aimée gagna le vestiaire, quitta sa tenue d'infirmière, remit ses vêtements de ville et partit. En passant devant le bureau, cependant, elle entra, et mit au courant les trois ou quatre personnes qui composaient l'administration. Ces dignes personnes, deux messieurs mûrs et deux dames qui ne l'étaient pas moins, prirent des mines affligées et adressèrent à Aimée des paroles qui avaient des façons de condoléance. Puis, l'une dit:

— Nous ne pouvons contrarier mademoiselle Lormiez: c'est elle qui fait marcher l'hôpital, maintenant. Car vous savez que la caisse de l'association est épuisée.

— Elle et son père sont d'une grande générosité, prononça une autre.

Et les propos continuèrent:

— Monsieur Lormiez est riche, c'est vrai. Mais enfin, si chacun avait fait selon ses moyens, le service de santé ne forcerait pas des hôpitaux auxiliaires à se former.

— Mlle Simone est tout ce qu'il y a de plus distingué, de plus femme du monde...

— Elle est fiancée.

— Oui : à un jeune officier.

— N'avez-vous pas entendu dire que c'est au fils de notre ancienne infirmière, Mme Thirion?

— Vrai?

— Mais oui! Un jeune homme délicieux!... Il tient de sa mère : quelle femme charmante!...

— Si élégante, si chic!...

Aimée était dans la cour. Elle gagna la rue, fermant la lourde porte noire, si souvent franchie.

« Elle me chasse d'ici, pensait-elle, mais elle ne me chassera pas du cœur d'Adrien. »

Les grands-parents furent révoltés. M. Rivelois décida sur-le-champ de faire, le jour même, une visite à l'administrateur de l'hôpital, et une autre au médecin-chef.

— Je ne te laisserai pas ainsi sans te défendre, ma chérie!

— D'ailleurs, lui dit sa grand'mère pour la consoler, tu n'aurais plus grand chose à y faire, ma bonne petite! Ces braves garçons de l'hôpital, Dieu merci n'ont guère besoin de toi, de nous toutes, et pourvu qu'ils trouvent leur soupe chaude...

Aimée s'ennuya un peu pendant les jours qui suivirent. Elle demeurait au jardin, occupée à de menus travaux. Malgré elle, son cœur se serrait en se souvenant des paroles entendues à l'hôpital : « Simone Lormiez est fiancée au fils de Mme Thirion. »

Grand-papa, disait-elle, ne pourrais-tu écrire à Adrien qu'il défende à Simone de propager ce mensonge? Elle n'a pas le droit de se dire sa fiancée!

Mais M. Rivelois la calmait : « en réfutant les sottises des sots on les sème aux quatre vents. Se taire, c'est la meilleure force à leur opposer. »

Prosper Briet donnait fréquemment de ses nouvelles. Il s'ennuyait mortellement dans cette ville de Bretagne où on l'avait envoyé. On sentait, sous ses phrases, cette pensée constante : « Et après la guerre, ne sera-ce pas pire? Que deviendra ma vie, maintenant? »

— Pauvre garçon! dit tout de même un jour Mme Rivelois, presque attendrie à la lecture d'une de ses lettres.

Un matin, Aimée descendit de bonne heure au jardin. Il y avait eu la nuit un peu d'orage, et la fraîcheur matinale était délicieuse. La jeune fille, rejointe par Clairon, faisait la promenade dans les allées, à pas lents, rêveuse, la pensée lointaine. Quelques fleurs, cependant, la sollicitaient; des héliotropes qui semblaient faits exprès pour vaniller l'air; les belles sauges Cardinal, orgueil des jardiniers, qui déroulaient un zig-zag éclatant autour de la pelouse; des géraniums un peu trop raides, mais aux tons de corail et d'émail; quelques roses remontantes qui semblaient dire gaiement : « vous voyez : la saison des roses n'est point encore passée. »

De beaux arbres ombrageaient les allées. Aimée s'assit dans le petit salon de verdure qu'aimaient ses grands-parents.

Certes, sa confiance en Adrien demeurait entière. Mais elle n'en était pas moins alourdie d'inquiétude: ses grands-parents n'avaient-ils point dit: « nous ne consentirons aux fiançailles qu'après une demande officielle de madame Thirion? »

Oui, ils étaient « vieux jeu », les bons grands-parents. Ils le savaient eux-mêmes, et leur Aimée ne l'ignorait point. Ils étaient du temps où les familles gardaient toute l'autorité sur les enfants et où ceux-ci, même majeurs, tenaient compte de la volonté paternelle. Alors, les lois étaient dures pour la jeunesse, et, afin de la protéger, elles se dressaient devant son bonheur. Mais souvent, plus tard, on en reconnaissait la prudence, et on s'applaudissait d'avoir été forcé d'obéir.

Aujourd'hui, on était plus rapide; on ne consentait plus à attendre. Amour, fortune, situation: on voulait arriver à tout cela dès l'âge où, jadis, on vivait encore en enfant, entre le père et la mère, dispensateurs des bons conseils et des sages avertissements.

Cependant, Aimée n'agissait pas à contre cœur en obéissant. Elle y était pliée dès l'enfance, et, tout en sachant que d'autres, aujourd'hui, se révoltent, elle trouvait mieux de se soumettre. A la vérité ce n'était pas même une soumission, mais un consentement absolu, et une manière de juger identique à celle de ses grands-parents. Elle non plus, ne voulait pas entrer chez les Thirion furtivement, en se pliant sous la plus basse porte, quitte à se redresser, une fois entrée. Et puis, sa douceur naturelle se refusait à ces guerres qui finissent toujours par désorganiser les foyers.

Elle voulait un mariage joyeux, une jolie cérémonie, « avec sa belle-mère, en si élégante toilette, au bras de grand-papa, rajeuni d'au moins vingt ans. »

Mais il fallait attendre, toujours attendre. Est-ce que ce n'était pas le douloureux rôle des femmes, depuis cette dure guerre? Attendre... les lettres, toujours en retard, les journaux qui n'en finissait pas d'arriver, les permissions, si longues à revenir, et la fin de la guerre, tant de fois espérée, toujours reculée. Attendre...

Aimée attendait cela: le bonheur. Comme il

était loin encore! Et puis que sait-on? Peut-être était-il caché dans un de ces jours inconnus, mais proches qu'on appelle: demain, après-demain?... Elle caressa son chien, qui semblait partager ses songeries, et dont l'allure, ralentie, avait pris quelque chose de mélancolique.

« Clairon, mon petit chien, je t'aime bien parce que, sans parler, tu me comprends. Tu mesures tes pas sur les miens, et, quand je suis triste, tu ne cours plus. Ton œil marron me regarde profondément. Tu es né au commencement de la guerre; tu grognes quand on nous bombarde; nous t'avons nommé Clairon, parce que ta voix sonne clair et que nous sommes en guerre. Tu aimes les soldats, et, sans les connaître, tu leur fais accueil de ta belle queue en panache et de ta bonne tête fine et soyeuse. Mais il en est un que tu connais, et qui te fait pleurer de joie, parce que tu as deviné tout de suite qu'il m'aime... »

Le chien, dressant les oreilles, s'arrêta net, reniflant; puis, d'un bond, il fut à la grille. Aimée se pencha, derrière le massif qui cachait la vue aux regards. Quelqu'un était arrêté, s'apprêtait à sonner.

Aimée eut un petit cri joyeux, se hâta:

— Adrien!

— Ma Chérie! Ma Chérie-Aimée!

Elle ouvrait la grille. Le lieutenant la serrait tendrement sur sa poitrine où rutilait maintenant, à côté de la sombre croix de guerre, l'écarlate et les émaux de la Légion d'Honneur. Tout de suite, elle avait vu cette croix, dont par lettre, elle avait si joliment félicité le soldat; mais là, devant lui, elle s'écria:

— Oh! Adrien! Comme elle vous va bien!

Et pieusement, les yeux mi-clos, elle baisa l'emblème du courage, si glorieusement acquis au péril des jours.

Puis, vivement:

— Comment êtes-vous ici? demanda-t-elle.

Adrien expliqua: sa bonne grand'mère, la vieille Mme Hélier, venait de mourir. Il avait la permission règlementaire pour lui rendre les derniers devoirs.

— La cérémonie a lieu demain matin, dit-il, je repars dès après-demain; mais je me suis échappé pour vous voir...

Il était dans le jardin, Aimée auprès de lui. Comme en extase, elle le regarda en murmurant:

— Oh!... Vous êtes là!...

Rien n'existait plus; il vivait, il était là, elle le voyait! Qu'importait demain? Aujourd'hui était infini!

— Mes parents seront heureux, dit-elle enfin. Mais il faut que vous déjeuniez. Nous allons déjeuner tous les quatre. Causons un peu, avant que je les prévienne, car il est encore de bonne heure.

Adrien avait pris entre ses mains fortes les petites mains fines:

— Causons...

— J'ai tant de choses à vous dire!

— Moi aussi; mais une seule suffit.

Aimée conta tout ce qui s'était passé; le retour de Prosper Briet dans la famille; la visite tapageuse de Mme Thirion... la décision des grands-parents... la scène de l'hôpital avec l'insolente Simone Lormiez.

Une vive rougeur monta au visage d'Adrien:

— Comment! Je passe pour son fiancé! Je ne le veux à aucun prix! J'irai la trouver... J'irai le dire à ces gens stupides!

— Grand-papa ne veut pas que mon nom soit prononcé.

— Soit; mais j'ai le droit de démentir ce bruit de fiançailles mensongères! Je hais le mensonge!

Des pas sur les cailloux fins les interrompirent; M. Rivelois, toujours plus matinal que sa femme, marchait vers eux. Sa surprise passée, il se mêla à la conversation des jeunes gens. Sa petite-fille l'avait dit; il ne voulait pas que leur nom fût prononcé:

— Le mépris est fait de silence, croyez-moi, dit-il:

— Pourtant, il faut démentir certains propos, si l'on ne veut risquer qu'ils se colportent, affirmait Adrien.

Son visage énergique et bon reflétait l'indignation sincère.

— Je n'aurais jamais pensé, dit-il que ma mère, dont j'ai toujours été l'adoration, pût se mettre ainsi en travers de mon bonheur.

— L'argent... fit simplement M. Rivelois, avec son sourire confiant et tranquille.

XVIII

EN novembre! avait dit Adrien... En novembre, ma prochaine permission. Et nous croyons fermement que la guerre sera alors bien près de sa fin.

Octobre, maintenant, se déterminait. Comment les jours passaient? Aimée eût été incapable de le dire. Ils étaient lents et mélancoliques; mais ils passaient. Semblables, serrés l'un contre l'autre comme les grains de la grenade, chacun tombait à son tour de l'alvéole qui le contenait. A les voir d'ensemble, on les prend pour une masse compacte; mais ils se détachent très nettement, l'un après l'autre.

Aimée attendait novembre. La guerre finirait peut-être enfin; mais une certitude était en son cœur: Adrien viendrait. Ce serait l'époque règlementaire de sa permission. Vers le 8 novembre: un peu avant, un peu après...

Pourtant, la jeune fille inquiétait ses grands-parents; elle avait perdu sa gaîté. Trop de soucis s'étaient installés dans son petit cœur, jusqu'alors si heureux. D'abord cette angoisse: Adrien ne recevra-t-il pas quelque grave blessure? Elle frémissait. Tué?... Elle fermait les yeux: elle ne voulait plus voir cette lumière qui blessait sa terreur.

Et puis, ce mariage... ce bonheur... Si loin encore, si peu précis. Elle se voyait à son bras, en blanc; il portait son bel uniforme, couleur du ciel d'été, dans les horizons qu'estompent la chaleur. Car il se marierait en tenue de campagne, non en uniforme de parade du temps de paix. Il aurait trois galons, sans doute, car il serait capitaine; sa belle Croix de guerre, sa glorieuse Croix d'Honneur orneraient sa poitrine. On dirait: « Comme ils ont l'air heureux! » Mais elle, tout bas, se répéterait, plus affirmative: « Que je suis heureuse! »

Oui, cela pouvait arriver plus vite qu'on n'osait l'espérer; mais plus certainement c'était un espoir encore lointain; à peine se dessinait-il, vague, dans la brume.

M. Rivelois avait calculé ce dont disposerait le jeune ménage, si Mme Thirion s'entêtait à ne rien donner à son fils. Il appréciait que ses ressources seraient insuffisantes.

— Vous souffririez... Tu serais très malheureuse; la vie augmente chaque jour. Toi, si jeune encore, si gâtée. Nous aurions beau nous priver de tout, ta grand'mère et moi, nous ne sommes pas assez riches pour te constituer des revenus suffisants.

— D'ailleurs, avançait Mme Rivelois, nous ne te laisserons jamais te marier avant que tu aies vingt ans.

— J'en ai dix-neuf, grand'maman: ce sera bientôt venu!

Une distraction imprévue vint secouer un peu la mélancolie d'Aimée: Prosper Briet écrivit qu'il avait obtenu une permission. Discrètement, il demandait où il devait la passer. « Chez nous », lui fut-il répondu par M. Rivelois lui même. « Le père de notre Aimée doit passer son congé près de sa fille ».

Prosper arriva, heureux, mais plutôt timide. Son état de santé s'était beaucoup amélioré. Toujours un peu triste, il paraissait surtout craintif de voir s'envoler sa joie. Il n'y pouvait encore croire.

Aimée se montra pour lui toute remplie d'affection: elle se sentait en sympathie absolue avec cet homme qu'elle avait, si longtemps, pris pour un monstre, sans le connaître. Secrètement, elle l'excusait, sans pourtant charger ni même juger sa mère; mais elle accusait plutôt les circonstances, qui avaient détruit son foyer. Est-ce la faute du capitaine, si la tempête démonte le vaisseau? Le rend-on responsable des fureurs de la mer? Ainsi jugeait Aimée: la fatalité avait tout fait, et la petite n'en voulait rendre personne responsable.

Lorsque Prosper entendit, contée par sa fille même, l'histoire de l'hôpital, avec les propos concernant le mariage d'Adrien, il ressentit une réelle colère:

— Il ne faut pas que cela se dise! Je ne veux pas qu'au jour où Aimée épousera ce charmant garçon, il puisse se trouver quelqu'un pour prétendre qu'il s'était d'abord tourné vers mademoiselle Lormiez!

Le sergent Briet était arrivé le matin. Aussitôt après le déjeuner du même jour, il sortit pour se rendre à son ancien hôpital, celui dans lequel il se trouvait au moment où il avait rencontré Aimée. Il gardait un grand attachement pour cette maison où il avait vécu plusieurs mois, et dont le toit avait abrité sa grande émotion. Il y reverrait les excellentes femmes qui l'avaient si bien soigné.

Quand il revint, quelques heures plus tard, il semblait fort agité.

— Vous avez été bien longtemps, père! reprocha doucement Aimée.

— Je pense bien! s'exclama Prosper, dont le visage courroucé, les yeux ardents de sourde colère, contrastaient avec l'allure si morne qui était le plus souvent la sienne.

Il racontait, tutoyant sa fille, faveur insigne que lui avait faite M. Rivelois, allant au-devant d'un cher désir.

— Tu ne sais donc pas, ma petite chérie, que j'ai voulu, moi, bien employer ma permission? J'ai tenu à étrangler ce bruit de mariage, avant qu'il fût trop vivant pour être facilement détruit. Rien n'a la vie dure comme la calomnie, et, même après qu'on la croyait éteinte, elle garde une cendre chaude, qu'un mot rallume. Il se trouve toujours de bonnes gens pour chuchoter: « On disait... c'était faux, paraît-il; mais enfin, on disait... Et il n'y a pas de fumée sans feu... »

Véhément, Prosper Briet s'indignait:

— Oh! si tu pouvais, mon enfant, te défier assez du monde pour ne tomber dans aucun de ses pièges! Si j'avais pu te montrer quelques-uns de ses détours hypocrites!

Puis, calmé par cette apostrophe, il reprenait son récit:

— Figure-toi qu'à mon hôpital, on te connaît et l'on connaît madame Thirion, ainsi que les Lormiez. On ignore, naturellement, quels liens m'unissent à toi et ce que je fus pour cette femme; mais on proclame que cette demoiselle Simone va épouser le lieutenant Thirion. On m'a même donné des précisions: c'est pour le mois de novembre.

Aimée sourit tristement, mais avec une infinie douceur, faite de foi et d'amour. Pourtant, son fin visage se tendit un peu, fut plus pâle, et elle murmura plaintive:

— Oh! père! Comme ces paroles me font mal!

— Elles m'ont mis hors de moi, mon enfant!

— Et pourtant, elles sont mensongères et je n'y crois pas. J'ai la promesse d'Adrien.

— Elle ne te trompera pas, sois-en certaine comme j'en suis certain. Mais cela n'empêche pas que nous devions arrêter le flux de ces insanités, et de cette besogne, je me charge, moi! Ce sera fait en quelques heures!

Un résolution froide passa dans les yeux du soldat qui « en avait vu de rudes ».

— Que ferez-vous, père? demanda Aimée, dont le regard s'apeura. Vous savez que l'on ignore notre parenté; comment donc pourriez-vous me défendre?

Prosper Briet eut une crispation douloureuse dans les traits:

— C'est vrai, répliqua-t-il avec une grande tristesse: ces gens ne peuvent deviner que je suis ton père... Ce serait si simple, pour leur imposer silence!

Puis, reprenant son ardeur:

— Mais qu'importe? se récria-t-il; j'agirai quand même! Je puis bien être un ami de famille, tiens, précisément, un ami de ton père. On ne nous connaissait pas du tout, par ici;

on peut très facilement croire cela. Alors j'ai le droit de te défendre... et je le fais!

Aimée parut inquiète:

— Me défendre? Vous prononcez de nouveau ce mot, père : on m'attaque donc?

Prosper Briet hésita visiblement avant de répondre. Puis, se décidant:

— C'est vrai, fit-il; mieux vaut que tu saches. C'est ce que nous disions ce matin, ton grand-père et moi. Mais tel n'était cependant pas l'avis de ta grand'maman, toujours si craintive. Alors, écoute, ma petite chérie: on dit et l'on répète que tu cherches à enlever Adrien à mademoiselle Lormiez qui est beaucoup plus riche que toi. On répète que vous vous êtes promenés ensemble Adrien et toi, qu'il est venu encore ces temps-ci, comme en se cachant, le matin, et que sa mère est contre toi.

Aimée eut un beau regard fervent:

— Il est certain murmura-t-elle, que tout cela est vrai. Alors, c'est tout au plus de la médisance.

— Non, car on invente, et l'on échafaude calomnie sur calomnie. On dit qu'Adrien est tout disposé à épouser cette demoiselle, dont la fortune est très lourde, mais que toi, toi, notre Chérie-Aimée, tu le retiens de force...

Cette fois la jeune fille s'émut:

— On ment! s'exclama-t-elle d'une voix soudain plus forte. Adrien n'a jamais pensé à elle! Il m'aime et n'a jamais aimé que moi! Il ne veut pas de cette fille!

Elle respirait avec force, une rougeur fiévreuse aux joues, un éclair dans les yeux, où nulle larme, pourtant, ne brillait.

— Père, pria-t-elle, il faut faire quelque chose! Mais grand-papa ne voudra jamais!

— Il me fait confiance, petite chérie; laisse-moi faire.

Et, rapidement, Prosper gagna la grille et fut dans la rue, Aimée, surprise, demeurait sur place, la pensée comme absente. A peine si elle remarquait que la grosse cloche de la villa voisine sonnait fortement, presque aussitôt. Ce bruit la tira brusquemen de sa prostration.

« Comment, pensa-t-elle, est-ce que c'est chez les Lormiez que père irait? »

A ce moment, M. Rivelois rentrait d'une course, et sa petite fille te mit au courant :

— Je craignais un peu l'intervention de Prosper, avoua le grand-père, car son caractère est assez emporté; mais je reconnais qu'il faut en finir et mettre un terme à ces insanités. Alors, nous nous sommes entendus ce matin, et je lui ai donné toute liberté.

Tous deux se mirent à causer. Des projets étaient avancés, rejetés, repris. Si l'on faisait telle chose?... Si l'on disait telle autre?... Si l'on voyait cette personne ou cette autre?...

— Si nous ne faisions rien du tout?

— Ce fut longtemps mon désir; mais maintenant, il faut agir. Tu as droit à l'estime et à la plus grande considération de tous.

Soudain, dans le jardin voisin, des éclats de voix retentirent. Aimée disait, très bas:

— Ecoute! C'est lui!... Et c'est elle!

— C'est Prosper et cette demoiselle, oui!

— Ils se disputent!

— Cela semble chauffer!

M. Rivelois et Aimée ne bougèrent plus, imposant silence, par leurs gestes, à Clairon que ces voix bruyantes faisaient grogner, l'oreille dressée vers les murs mitoyens.

Une brise chaude passa, faisant tomber des feuilles sèches, avec un bruit léger de papier froissé. Les héliotropes envoyèrent leur fine senteurs vanillée, comme si, subitement, un

— Je m'en vais, fit-elle sourdement (p. 31).

flacon des gousses gommeuses s'était ouvert devant l'odorat de l'aïeul et de sa petite-fille. Ils entendirent des lambeaux de phrases:

— Vous aurez de mes nouvelles!

— Je vous ferai punir! Je connais des généraux!

— Ils sauront qui vous êtes!

Puis, d'une voix tonnante, dont pas un tremblement n'altérait la force, Prosper criait:

— En tout cas, vous vous tairez là-dessus; entendez-vous? Vous vous tairez!

La grille se referma en faisant un grand bruit ferrailleur; une main en colère l'avait violemment repoussée.

Et trois minutes plus tard, Prosper Briet rentrait à la villa:

— Je vous certifie qu'elle est bouclée, dit-il aux deux qui l'attendaient. J'avais bien jugé la fille: c'est une audacieuse qu'il faut mâter.

De la villa voisine, les accents rauques d'un piano fatigué arrivaient, frénétiques, tandis qu'une voix forte de femme chantait avec violence le refrain d'un chant alors très populaire:

Les voyez-vous?
Les Hussards, les Dragons, la Garde?

— Elle enrage! dit Prosper Briet.

XIX

E lendemain matin, on reçut une longue lettre d'Adrien. Les nouvelles étaient excellentes; nos soldats ne faisaient plus qu'avancer, et le jeune officier était exalté d'enthousiasme.

Et puis, il parlait de sa mère et contait:

« J'ai reçu de ma pauvre maman une lettre bien étrange; elle me dit qu'elle est obligée de renoncer à un mariage avec M. Lormiez, parce que ce monsieur se remarie dans quelques jours. Elle m'assure qu'elle en est bien désolée, car c'était, dit-elle, une superbe alliance, et j'en aurais tiré les plus grands avantages. Pauvre mère! Comme elle s'entête dans cette idée-là! Cependant cette fois, elle n'ose plus me parler d'un mariage pour moi dans la même maison. Je crois, j'espère que mon attitude l'a enfin persuadée qu'elle y perdrait son temps. Mais je me réjouis de l'écroulement d'un projet dont la réalisation m'eût tout de même bien gêné. Me voyez-vous tenu à rencontrer cette demoiselle à chaque instant, sous le prétexte qu'elle eût été la fille de mon beau-père? Sans doute aurait-elle habité avec lui près de ma mère. Et plus tard, quel ennui pour notre Chérie-Aimée? Le danger est conjuré, Dieu merci! et nous voilà délivrés des Lormiez père et fille. Je vous dois dire pourtant que cette pauvre maman ne désespère pas, je le sens, de me voir donner notre nom à la fille de ce monsieur. Il faudra bien qu'elle se rende à l'évidence un de ces prochains jours.

« La succession de ma bonne grand'mère s'est ouverte. Mon oncle et maman sont les seuls héritiers, et les revenus de celle-ci vont se trouver sensiblement augmentés, car la chère vieille dépensait peu et avait la petite manie de thésauriser. Mon oncle m'écrit : « Tu » sais que tout ce que j'ai sera pour toi; mais il « faut que je vive, naturellement, et je ne suis » pas assez riche pour pouvoir rien prendre » sur mon revenu. J'entrevois, d'ailleurs, le » jour prochain où je me verrai forcé de quit- » ter ta mère et de vivre chez moi, car son » caractère devient tellement difficile que » l'existence avec elle est des plus pénibles. Je » la supportais à cause de la bonne vieille, » mais maintenant, je n'entends plus me sa- » crifier. »

« Vous voyez que ma famille a de grands mouvements... Que la guerre finisse, et tout cela s'apaisera, s'installera dans notre bonheur, à notre Chérie-Aimée et à moi. »

— Ainsi, elle a manqué ce coup de fortune, dit Mme Rivelois. Espérons qu'elle en sera améliorée et y verra plus clair.

L'intervention de Prosper n'avait pas été inutile. A l'hôpital, où il avait voulu se rendre, il s'était très nettement prononcé, et l'on commençait, par un revirement d'opinion, à juger autrement Simone Lormiez. Par certaines dames, les Rivelois apprirent que l'impérieuse fille avait perdu de son prestige.

Bientôt, on apprit également qu'elle avait définitivement quitté l'hôpital. Aimée voyait toujours le regard navré, le pauvre visage fier et désespéré de la surveillante lui apprenant son départ et trouvant dans sa fierté la force de faire l'éloge de Mlle Lormiez, grâce à qui, elle, pauvre fille, logée et nourrie depuis la guerre, se voyait subitement mise dehors.

Peu de jours après qu'on avait reçu la lettre d'Adrien, M. Rivelois ne fut pas peu surpris de rencontrer le vieux M. Hélier, l'oncle du jeune lieutenant. C'était le matin, dans la grande avenue qui mène vers les bois.

Les deux hommes avaient toujours entretenu des relations rares, mais courtoises. Ils sympathisaient, et chacun d'eux sentait bien que sans les femmes de leur entourage, ils fussent devenus assez vite bons amis. Mais il y avait Mmes Rivelois et Thirion, si dissemblables, physiquement et moralement, que le mari de la première avait dit en plaisantant à sa femme:

— Je ne puis me retenir de m'amuser énormément, lorsque je vous regarde et vous entends causer ensemble. C'est un duo absolument récréatif!

Ensuite, il y avait eu d'abord, la réserve imposée aux parents d'une jeune fille vis-à-vis de ceux d'un jeune homme, et puis, plus récemment, cet amour et ces projets si franchement avoués, mais qui avaient déplu à la mère d'Adrien. Tout cela apportait une certaine gêne entre M. Rivelois et M. Hélier. Ce dernier, d'ailleurs, ne s'était jamais montré depuis qu'il avait quitté la villa, en compagnie de sa mère et de sa sœur.

Ce matin-là, comme il se dirigeait d'un pas alerte — car c'était un très beau vieillard, — vers l'avenue où s'élevaient les villas jumelles,

M. Rivelois, les politesses échangées, crut pouvoir demander:

— Vous n'alliez pas à la maison?

Une subite inquiétude l'avait saisi: peut-être s'agissait-il d'Adrien?

Mais non, l'excellent M. Hélier, qui avait ces délicates prévenances que le cœur inspire, répondait bien vite:

— Je vais chez les Lormiez; mais je suis heureux de vous rencontrer pour vous dire que j'ai reçu ce matin une lettre excellente de mon neveu.

M. Rivelois respira et sentit s'accroître sa sympathie pour cet homme qui savait trouver sans attendre les mots attendus.

Cependant, le grand-père d'Aimée ne voulait point parler des projets de mariage à l'oncle d'Adrien. Il entendait rester fier, et que l'on fît tous les frais, dès qu'il s'agissait de sa petite-fille. Et, très rapidement, il fit cette réflexion en lui-même: « S'il est bien disposé pour nous, il doit saisir cette occasion de me le dire. »

Ces pensées muettes s'élaboraient en M. Rivelois tandis qu'il continuait à échanger avec M. Hélier quelques propos sans importance. Les deux hommes, chacun de son côté, ne trouvaient pas qu'ils dussent se témoigner la moindre froideur parce que Mme Thirion avait cru devoir se fâcher et faire grand fracas.

Alors, subitement, M. Hélier demandait:

— Je viens chez les Lormiez; vous ne savez pas pourquoi?

— Comment voulez-vous?... commença M. Rivelois.

— Je vais donc vous le dire. Vous en serez surpris. C'est pour les prier de nous rendre la villa. Ma sœur en a eu vite assez de la Bretagne et est rentrée à Paris, dès avant la mort de notre mère. Aujourd'hui, elle trouve que cet automne est trop beau pour le passer dans un appartement, et elle désire reprendre le chemin de Montmorency.

— Et ces gens, les Lormiez? fit M. Rivelois.

— Ils s'en iront. Ils sont là comme à l'hôtel: à la journée, et ils n'ont apporté que quelques malles.

Confidentiel, il ajouta:

— Vous savez bien un peu l'histoire: Adrien m'a dit qu'il vous a mis au courant.

M. Rivelois se sentit plus à l'aise pour continuer cette conversation. Il n'avait plus à feindre l'ignorance.

— Oui, répondit-il; votre neveu nous a conté cela en partie.

M. Hélier eut un sourire sans gaîté:

— Vous savez qu'elle voulait se remarier avec M. Lormiez? Eh bien! ce monsieur se remarie sans elle, avec, paraît-il, une femme beaucoup plus jeune que ma sœur.

— Ah! fit simplement M. Rivelois, qui préférait ne pas énoncer ses sentiments.

Les deux vieillards marchaient côte-à-côte, lentement, comme ceux qui ont déjà parcouru un long chemin. Leurs cannes faisaient de petits bruits secs sur le sol durci. M. Hélier paraissait plus absorbé, plus préoccupé que M. Rivelois. A deux ou trois reprises, celui-ci crut l'entendre commencer une phrase qui, tout de suite, s'arrêtait. Enfin, il se décida, tout d'un coup, et se mit à parler d'abondance:

— Puisque j'ai le plaisir de vous rencontrer, cher monsieur, disait-il, j'en vais profiter pour vous mettre au courant de certains détails que je désirais vous faire connaître. Je me demandais si je vous écrirais, ou si je solliciterais de vous une entrevue.

— Le hasard nous la ménage, vous le voyez, dit M. Rivelois. Et si vous avez le temps, sachez que moi-même, je sortais simplement pour me promener. Il fait si bon au soleil!

— C'est vrai; nous allons pouvoir marcher comme de vrais papas... sans nous presser.

Un peu plus tard, la conversation était dans son plein. M. Hélier avait tout d'abord affirmé sa joie de voir Adrien fiancé à Aimée. La vieille Mme Hélier le désirait comme lui et était absolument du côté de son petit-fils contre sa fille:

— Malheureusement, notre pauvre mère n'avait pas grande influence sur ma sœur. Moi non plus, d'ailleurs. Vous pensez bien que nous sommes au courant de l'incident Prosper Briet. Que c'est drôle, la vie! Si je vous disais, mon cher monsieur, que cela ne nous a pas déplu, à ma mère et à moi, que votre petite-fille fût la fille de ce pauvre garçon!

— Vraiment! s'exclama M. Rivelois, assez surpris.

— Voici pourquoi: nous n'avons jamais rien eu contre Prosper. Nous avons vu les choses de près, vous le pensez bien. Je ne veux pas accabler ici ma sœur; mais nous lui avons trouvé tant et tant de torts! Enfin... C'est déjà loin... Prosper a eu le grand défaut de ne pas lui apporter assez d'argent et de perdre celui qu'elle l'a poussée à engager dans des affaires périlleuses. Elle l'a complètement lâché, après cela.

— Pourquoi donc l'avait-elle épousé? interrogea M. Rivelois.

— Sait-on? Un emballement passager, vite regretté. Maintenant, il faut que je vous apprenne autre chose: mon neveu ne sera pas si riche que l'on pourrait le croire.

M. Rivelois sourit, l'air épanoui:

— C'est une nouvelle qui nous fera plaisir à tous les trois, dit-il avec sincérité. Nous sommes de ceux qui n'ont pas de goûts pour les grandeurs. Aimée aura, après nous, une petite aisance qui s'ajoutera à ce que possédera son mari. Nous apprécions qu'ils n'auront de ce fait aucune difficulté matérielle et qu'ils tiendront assez facilement leur rang.

M. Hélier approuva. La jeunesse était trop portée vers les fortunes rapides qui permettent, dès le début dans la vie, le luxe et toutes ses jouissances. Évidemment, l'argent est indispensable; mais on peut bien débuter plus modestement dans l'existence, et, quand on s'aime vraiment, on est heureux.

— Il y a encore ceci que vous devez savoir, dit-il: La plus grosse fortune future d'Adrien devait lui venir de sa mère qui a fait personnellement un héritage superbe. C'est pourquoi elle lui promettait toujours de lui faire une jolie rente, quand il se marierait. Mais, elle est toujours tellement tentée par les affaires d'argent, qu'elle s'est laissée, dernièrement, entraîner à des placements désastreux. Elle ne m'en avait pas parlé, et Adrien ignore encore tout cela. Elle a tout perdu, absolument sans espoir de retour. Il faut maintenant qu'elle s'arrange avec l'usufruit que lui a laissé le père d'Adrien. L'héritage récent de notre pauvre mère augmente un tantinet ses ressources, mais c'est peu à croquer, pour de si belles dents. Cela explique son grand désir de trouver un nouveau mari, et sa déception d'avoir manqué monsieur Lormiez, qui est fort riche.

M. Hélier s'arrêta pour respirer profondément; son bon visage, après ces confidences, paraissait rasséréné.

— Vous savez l'essentiel, ajouta-t-il. Adrien saura bientôt qu'il ne sera jamais aussi riche qu'il le pensait.

— Je jurerais qu'il y sera assez indifférent! affirma M. Rivelois.

— J'en suis certain! Cet accident est regrettable, parce que c'est toujours stupide de voir dilapider ainsi une fortune; mais il nous sert, parce que ma sœur ne pourra plus se montrer aussi autoritaire.

— Il y a encore mademoiselle Lormiez?

— Elle?... Je crois qu'elle a un immense respect pour l'argent, tout de même. Elle est née dans un milieu où il a une grande importance. Ma sœur l'avait séduite par son élégance. Il est certain que cette demoiselle peut s'offrir un mari sans fortune quand elle le voudra; mais encore faut-il qu'elle lui plaise. Ma sœur a trop compté sur l'appât de la richesse. Sa manœuvre eût réussi avec beaucoup de jeunes gens, car c'est tentant, tout de même, un chiffre aussi solide. Mais elle a échoué avec notre Adrien, qui est un caractère... et un cœur: c'est tout dire!

Les deux promeneurs allaient se quitter:

— Encore ceci, compléta M. Hélier: Mademoiselle Lormiez va sans doute perdre quelques millions tout d'un coup, par le mariage de son père qui, probablement avantagera sa jeune femme...

Ils se quittèrent sur cette dernière phrase très affectueuse du vieil oncle d'Adrien:

— Que je serai heureux, mon cher monsieur, le jour où je pourrai vous demander pour mon cher neveu, la main de mademoiselle Aimée!

XX

QUAND elle apprit que Mme Thirion redevenait sa voisine, Mme Rivelois ressentit une vive contrariété. Elle avait espéré que cette femme était à jamais sortie de sa vie. On n'avait désormais plus qu'à s'occuper d'Adrien. Si sa mère devenait correcte et raisonnable, on la reverrait officiellement, dans les circonstances où l'on ne pourrait faire autrement comme, par exemple, au mariage d'Aimée avec Adrien. Car mieux valait certainement ne pas être fâchés avec la mère

du jeune époux. Les brouilles de famille sont toujours regrettables. Mais il n'y aurait jamais la moindre intimité, et Aimée, tout en gardant la plus irréprochable attitude envers sa belle-mère, ne pourrait cependant oublier que celle-ci ne l'avait pas acceptée de bon cœur.

Quant au vieil oncle, il deviendrait certainement un ami. Il était parfait, si affectueux déjà pour sa future nièce!

— Il me semble l'avoir toujours connu! disait Aimée.

Celui qui serait le plus gênant dans la famille, c'était évidemment Prosper Briet. Mme Rivelois ne pouvait encore lui ouvrir son cœur, et gardait de sérieuses et multiples restrictions. Plus large d'esprit, plus sensible et compatissant, son mari faisait appel aux sentiments de charité chrétienne qu'eût dû manifester la vieille dame. Mais c'était encore trop nouveau, et la pauvre grand'maman n'arrivait pas vite au pardon, à cet oubli aigu du passé qui, seul, peut engendrer la clémence. Entre elle et Prosper, le fantôme de sa fille flottait toujours. Pour apaiser cette rancune, M. Rivelois lui disait:

— Songe au repentir de cet homme et aux souffrances morales et physiques qu'il a endurées. Sache pardonner, quand il y a eu expiation. Souviens-toi aussi que notre enfant a aimé cet homme, et qu'il lui avait donné notre Chérie-Aimée. Dis-toi que, peut-être, il n'est pas tout l'élément de sa mort. Elle était fragile et a laissé son chagrin la tuer. Mais si elle avait su le surmonter, c'est elle, aujourd'hui, qui pardonnerait à Prosper et consentirait à reprendre avec lui la vie commune...

— Prosper a épousé une autre femme... Je ne crois pas que notre Alice...

M. Rivelois interrompit:

— Je te l'ai déjà dit, ma bonne amie: nous avons quelques torts dans cette malheureuse histoire. Nous n'aurions pas dû laisser si vite s'accomplir cette séparation. Nous pouvions peut-être l'empêcher. Qui sait?...

Les sentiments d'Aimée pour son père retrouvé impressionnaient favorablement Mme Rivelois. Elle voulait passionnément le bonheur de sa petite-fille. Et puis, Prosper s'était montré vraiment affectueux pour son enfant. Et enfin, les relations qui avaient existé entre Briet et Adrien, son beau-fils, pendant quelques années, et qui n'avaient laissé à l'un comme à l'autre que de bons souvenirs, devenaient une excellente note pour le père d'Aimée.

— Par exemple, observait Mme Rivelois, ce sera très ennuyeux, plus tard, si madame Thirion se rapproche de nous. On craindra, tout de suite, de les voir se rencontrer, elle et Prosper.

Deux jours plus tard, comme Aimée sortait de la villa, elle se trouva devant la mère d'Adrien. Impossible de bouger sans être face à face avec elle. La jeune fille se sentit horriblement gênée, tandis que, les joues empourprées, Mme Thirion avançait jusqu'à presque la toucher.

Sans la saluer, elle lui lançait cette phrase, d'une voix aigre et hardie :

— Vous le voyez: je suis revenue?

Elle ne la regardait pas; elle la dévisageait. La petite Aimée se sentait bouleversée. Que répondre?

Mme Thirion ne la laissait pas longtemps chercher. Elle reprenait, acerbe:

— Vous n'aviez pas prévu cela, hein?

Aimée, d'une voix contenue, disait:

— Pourquoi, madame?

Mais l'autre avait le désir de faire une scène à cette enfant, dont elle connaissait l'exquise délicatesse qui lui ferait garder une grande mesure envers la mère d'Adrien. Mme Thirion ne se contenait plus. Le regard enflammé, elle adressait d'amers reproches à la jeune fille dont la douce réserve s'effarouchait au spectacle de cette femme en colère. Le passé s'évoquait, avec de nombreux griefs, dans la bouche de Mme Thirion, et la pauvre Aimée apprenait avec une douloureuse surprise que, si elle avait « tout fait » pour séduire Adrien, elle « s'était trompée d'adresse, et qu'elle ne l'aurait jamais, jamais! »

Aimée regardait désespérément vers sa porte et sa maison. Grand-papa n'apparaîtrait-il pas, pour sauver sa Chérie, aux prises avec cette furie déchaînée? Un moment, elle crut que Mme Thirion allait la frapper, car elle lui avait rudement saisi le bras:

— Vous n'aurez jamais mon fils! Vous entendez! Je sais bien ce que je ferai pour le détourner de vous!

Aimée sentit positivement la terre lui manquer; est-ce que les maisons ne bougeaient pas et ne venaient pas vers elle pour l'écraser? Elle eut un gémissement et s'accrocha à la grille, pour ne pas tomber. Elle était si décolorée que Mme Thirion prit peur et s'enfuit, la laissant immobile et comme évanouie.

Alors, sans savoir comment elle marchait ces quelques pas, Aimée rentra dans le jardin où elle vit enfin son grand-père. Elle se jeta dans ses bras en criant:

— Oh! grand-papa! grand-papa!

Et M. Rivelois n'eut que le temps de la soutenir pour ne pas la voir glisser dans l'allée.

Dans la maison, il y eut quelques instants d'indescriptible émoi. Les grands-parents ne doutaient pas que l'état d'Aimée venait d'une vive secousse morale; mais ils ne faisaient que des suppositions. Personne n'avait vu la jeune fille causer avec Mme Thirion; on croyait Aimée déjà loin, et on ne l'attendait pas si tôt. Elle n'avait donc pas fait la course pour laquelle elle était partie.

Enfin, Aimée revint à elle et put parler; mais elle se plaignit aussitôt d'un mal de tête violent. Sa température s'éleva subitement, et les grands-parents, épouvantés, envoyèrent chercher un médecin. Ils lui expliquèrent simplement que leur petite-fille avait ressenti une grosse émotion.

Le médecin ne vit rien de grave, ordonna le calme, le silence. Mme Rivelois se désolait:

— Et cette femme, qui est redevenue notre voisine, dont notre chérie entendra peut-être la voix, dans le jardin!

Elle voulait aller trouver Mme Thirion, lui dire ce qu'elle pensait de son inqualifiable altercation. Mais son mari l'en dissuada, en lui disant:

— Laisse-moi faire… Je veille…

Aimée se remit d'autant plus vite qu'une bonne lettre d'Adrien lui arriva, apportant le souvenir tendre et l'espoir fidèle du jeune guerrier. M. Rivelois décida qu'on ne lui conterait pas la mauvaise et incorrecte attitude de sa mère; mais l'oncle Hélier le saurait. Pour l'instant, il ne semblait pas habiter avec sa sœur, car on ne le voyait pas circuler.

La jeune fille, quoique ne se ressentant plus du choc reçu, gardait, cependant, une certaine nervosité. Les paroles de Mme Thirion: « Je sais ce que je lui dirai pour le détacher de vous » se répétaient en elle et l'agitaient. Oh! pourquoi ne les mariait-on pas tout de suite, Adrien et elle!

Et cette guerre, qui durait toujours! Et Adrien, qui ne pouvait revenir avant le mois de novembre!

Mme Rivelois n'avait pas été sans ressentir un choc profond de cet événement, et sa santé en demeurait altérée.

— Pourquoi donc, reprochait-elle, as-tu laissé cette vilaine femme te faire une scène, là, devant notre porte? Il fallait sonner à la grille, sonner à tours de bras, et nous serions sortis, les uns ou les autres.

— On lui aurait lâché Clairon, plaisantait le grand-père.

Un matin, Julia, rentrant de courses, apporta une nouvelle qu'elle jugeait sensationnelle: Mme Thirion était partie!

— Paraît qu'il y a eu une scène avec le propriétaire, qui habite Enghien, et qui était venu pour le loyer. Elle n'a pas pu payer, et il l'a délogée en vitesse.

La partie certaine du récit était le départ subit de Mme Thirion. Avait-elle craint les suites de la sortie qu'elle avait faite à Aimée, ou vraiment fuyait-elle devant les dettes criardes?

— C'est tout de même fâcheux pour Adrien, commença Mme Rivelois. Je voudrais tant que notre chérie n'eût qu'à se louer de toute sa nouvelle famille! Mais une mère aussi remuante, dont la vie a été si mouvementée, une femme qui a des créanciers!

— Elle est à peu près ruinée, son frère me l'a conté, dit M. Rivelois. Et la vie va peut-être se montrer dure pour elle, maintenant.

Dans ses lettres, Adrien ne faisait aucune allusion à la situation de sa mère. Il ne parlait plus d'elle. Mais une tristesse qu'il voulait cacher sortait des tendres missives.

Aimée, un doux sourire aux lèvres, s'efforçait à un peu de gaîté:

— J'imagine, dit-elle un jour, que si père pouvait rester ici, il arrangerait très vite tout cela. C'est un énergique, lui, et puis, il ose, il ose des choses que nous n'osons pas.

— C'est pourtant vrai, appuya M. Rivelois.

Alors qu'on désirait vivement sa visite, Prosper Briet écrivit qu'il avait demandé une permission de quelques jours pour une affaire pressée. Il s'agissait d'un événement très heureux pour lui.

« Ce que j'ai tant souhaité m'arrive enfin,

narrait-il, et vous m'avez porté bonheur en me
rouvrant votre maison et votre cœur. Le décorateur pour qui je travaillais un peu avant la
guerre et que j'ai revu lors de ma dernière
permission, m'annonce qu'il est très satisfait
de moi, que ce qu'il a pu voir de moi à ma
dernière permission — car, pendant ces quelques jours, vous le savez, j'ai pu travailler un
peu — lui a donné l'assurance que je pourrai
lui devenir très utile. Il est âgé déjà, se fatigue
beaucoup, et d'ailleurs, n'a plus la vue très
bonne. C'est à moi qu'il a songé pour être
son associé, bientôt son remplaçant, car il
se retirera dans quelques années. D'ici là,
grâce à lui, je me fais un nom. Je ne suis plus
l'aide anonyme qui prépare les succès d'un
autre sans espoir personnel qu'un gain mo-
deste. Je deviens moi-même un artiste, et je
vous assure que l'on m'appréciera. Comme
avantages matériels, c'est superbe. L'art décoratif, lorsqu'on est assuré de belles commandes, peut mener à la richesse. Que diriez-
vous, pour un prochain avenir, de la reprise,
à très bon compte, d'une maison d'encres et
couleurs utilisées pour les affiches? Ce sera
la fortune! Et notre Chérie-Aimée, à qui je
devrai tout, puisque, avant de la retrouver, je
ne tenais plus à la vie, notre Aimée sera riche
un jour, elle aussi, assez riche pour que son
mari, le général Thirion, fasse bonne figure
dans le monde! »

Cette lettre pleine d'entrain ramena la gaîté
dans la villa:

— Ce pauvre garçon! Il va peut-être tout de
même réussir, s'exclama Mme Rivelois que
cette lettre avait enfin vraiment attendrie.

XXI

UELQUES potins circulèrent les jours sui-
vants, que les Rivelois apprirent, sans
le chercher. Julia, pour sa part, en faisait une ample récolte. On sut ainsi
que M. Lormiez, marié à une jeune fille
pauvre dont la beauté l'avait séduit, s'en était
allé avec sa conquête, finir la guerre au fond
des Pyrénées. Sa fille, Simone, outrée de ce
roman paternel et du préjudice qu'il lui causait, s'était enfuie seule, et allait épouser un
officier américain qui l'emmènerait en outre-
mer, la paix venue.

— Bon voyage à tout ce monde-là! s'exclama
Mme Rivelois, qui craignait toujours un retour
offensif des Lormiez.

Le calme complet s'abattit sur la villa. L'automne était beau; les arbres se doraient, et
les bois exhalaient la bonne odeur des feuilles
qui tombent. L'espoir d'une fin prochaine de la
guerre s'affirmait chaque jour. L'ennemi ne
pourrait plus, désormais, regagner le terrain
perdu.

Paris s'égayait de plus en plus. Les bombardements avaient cessé. Les permissionnaires,
les soldats alliés, étaient plus que jamais
gais et en train. On attendait, avec l'immense
joie de la certitude.

Aimée comptait les jours qui la séparaient
du mois de novembre, époque à laquelle Adrien
devait venir. Elle avait à peu près obtenu la
promesse de fiançailles officielles à ce moment-
là. Le lieutenant la demandait aussi dans ses
lettres. Il voulait bien tout ce qu'on lui impo-
serait pour obtenir son bonheur, mais avec
le droit de dire « ma fiancée » et d'avoir la
sécurité pour lui donner du courage.

La jeune fille n'avait plus qu'un désir: le
retour de Mme Thirion à des sentiments meilleurs. Sa bonté naturelle souffrait de cette
brouille avec la mère d'Adrien. Ne devrait-elle
pas être un peu sa mère, à elle aussi? Elle ne
lui en voulait même pas de sa vilaine attitude, qu'elle expliquait et excusait, la mettant
sur le compte de l'énervement, la considérant
comme l'acte irréfléchi d'une femme poussée
à bout par les événements.

— Elle a surtout été mise hors d'elle par ce
mariage de M. Lormiez, arrivant juste au
moment où elle y comptait pour elle-même, et
comme moyen de salut dans sa déconfiture.
Elle n'avait peut-être rien voulu, rien pré-
médité. Elle s'est trouvée soudain devant moi,
et, quand elle m'a vue seule, elle ne s'est plus
contenue. Qu'elle revienne à des sentiments
meilleurs, et je lui pardonne de tout mon
cœur.

Mme Rivelois eut un geste de la tête et des
épaules:

— Toujours trop bonne, trop indulgente,
chérie! Ne te trompe pas d'adresse, au moins!

Aimée développait sa pensée:

— Ne vois-tu pas comme ce serait mieux,
si la mère d'Adrien pouvait m'embrasser de
bon cœur, et être forcée de m'aimer un peu!
Songe qu'elle adore son fils, que celui-ci ne
la reniera jamais, eût-elle tous les torts, et
que ma situation sera plus difficile, donc que
je serai moins heureuse si nous ne sommes
pas tous unis!

— Tu oublies ton père, mon enfant!

— Hélas!...

Elle ne l'oubliait pas, loin de là. L'union
complète des membres de la famille lui appa-
raissait moins réalisable, à cause de lui. Lui
seul serait là, un peu isolé, obligé de se retirer,
à certains jours; Aimée en souffrirait.

« Oh! pensait-elle, pourquoi ne peuvent-ils
se réconcilier, eux aussi! »

Elle avait cette idée fixe, maintenant, et elle
la confiait à ses grands-parents. Mme Rivelois protestait: il y a des rapprochements im-
possibles, et certaines gens ne peuvent se
retrouver, après s'être volontairement perdus;
Mme Thirion et Prosper Briet étaient de
ceux-là:

— Je ne vois pas cette femme-là consentant
à reconnaître quelques torts.

— Si Prosper les prenait tous à son compte,
cependant! avançait en souriant M. Rivelois.
Mais la grand'mère ripostait:

— Alors, elle l'humilierait tellement que leur
vie redeviendrait impossible, et tout serait à
recommencer.

Pourtant, Aimée garda son idée. Il y avait
là une espérance pour l'aplanissement de tous
les obstacles à son bonheur, c'est vrai; mais

Il y avait aussi un réel sentiment de bonté, de pacification, un désir de voir cesser toutes les difficultés surgies sur ses pas.

— Voyez donc, disait-elle, si nous aurions jamais pensé retrouver mon père dans les conditions où c'est arrivé. N'y a-t-il pas un miracle dans notre rencontre, à lui et à moi, dans son changement, si total qu'il vous a amené à le recevoir, à lui rendre votre affection? Aurions-nous jamais pressenti de telles choses?

— Le fait est... reconnut M. Rivelois.

Mais la grand'mère se montrait, comme toujours, plus récalcitrante et plus sceptique.

— Il ne faut pourtant pas que tu oublies la façon dont elle t'a traitée, dit-elle, ni que son premier mouvement a été de te repousser et de te préférer une autre pour son fils.

— On peut tout de même pardonner, tu le sais bien, répliquait Aimée avec un entêtement plein de douceur.

Prosper Briet arriva, un matin, de bonne heure. Il était d'autant plus content qu'il avait obtenu de ses chefs la promesse d'une autre courte et prochaine permission. Il avait expliqué que de graves affaires, dans lesquelles son avenir était engagé, nécessitaient sa présence, de temps en temps, à Paris, et s'était vu accorder tout ce qu'il demandait, car il était excellemment noté.

— Je reviendrai donc bientôt, et je tâcherai de me rencontrer avec Adrien, qui aura sa permission dans la première quinzaine de novembre, promit-il.

Aimée lui avait confié son projet, pour savoir si, de son côté, du moins, elle n'y trouverait pas d'obstacle. Tout d'abord, Prosper sursauta:

— Vivre de nouveau avec cette femme! Tu m'en veux, petite!

Il devint grave, après avoir jeté cette exclamation avec gaîté. C'est qu'il venait de comprendre, en regardant sa fille, qu'elle avait parlé sérieusement. Il ne la considérait pas comme une enfant sans bon sens ni jugement.

Aimée ignorait encore la vie; du moins elle la pressentait avec une certaine lucidité. Elle comprenait vite; elle devinait, sans cependant que nulle curiosité malsaine l'agitât. En aimant, en souffrant, en craignant pour celui qu'elle aimait, pour leur bonheur encore mal établi, elle avait mûri moralement, elle avait cessé d'être cette petite fille gâtée, isolée des laideurs et des duretés, et dont l'adoration des grands-parents avait si moelleusement ouaté la vie.

Alors, comme elle paraissait croire à ce qu'elle disait, et qu'elle se montrait toujours réfléchie, son père reprit :

— Explique-moi toute ta pensée, voyons. Je suis curieux de connaître les motifs qui te l'ont suggérée.

Aimée tenait bien son sujet, et n'eut pas de peine à le développer clairement. Son père l'écoutait, ne l'interrompant jamais, les yeux fixés au loin. Puis, quand elle se tut, il parla. Il évoqua l'erreur de son remariage, les défauts capitaux de cette femme, son orgueil, sa frivolité.

Pourtant, il eut ce mot qui laissait à Aimée tout l'espoir qu'elle voulait :

— Il y aurait peut-être un moyen, c'est qu'elle ait besoin de moi. Suppose qu'elle reconnaisse que la vie matérielle lui est devenue impossible avec ses ressources actuelles. Alors, moi, j'arrive et je dis : « Voilà ce que « je gagne ; voulez-vous que nous le partagions? » Et alors, peut-être, qu'elle dit : « oui. »

En attendant, Prosper était enchanté de sa situation nouvelle. Il avait remis la main à une grande composition commencée, et le vieux maître, absolument content de lui, s'était tout de suite montré généreux. Lorsqu'il revint de Paris, serrant dans sa poche une poignée de billets bleus, Prosper ne put contenir une vraie joie de grand enfant naïf ;

— Il y a longtemps, s'écria-t-il, que je n'ai tenu pareille somme entre mes doigts!

Pendant les quarante-huit heures qu'il passa à la villa, il parla peu de Mme Thirion. Se cachait-elle? On ne l'avait pas revue depuis la scène qui avait rendu Aimée malade. N'avait-elle rien laissé à la villa, pour n'y jamais revenir?

Mais Aimée n'était pas sans remarquer la gravité douce et comme heureuse qui se répandait sur les traits de son père.

— Il change à vue d'œil, remarque-le, disait-elle à son aïeul.

M. Rivelois, observateur et psychologue, avait déjà de lui-même, et en secret, constaté ce changement. Rapidement, Prosper Briet se transformait, devenait autre. Il avait perdu cette expression d'indifférence fataliste qui semble se raidir devant la joie ou la douleur, devant toute certitude et toute détermination. Il devenait l'homme qui croit au bien, au dévouement, aux belles actions, à la nécessité des sacrifices et des beaux mouvements. Il avait enfin acquis une conscience et un cœur, un vrai cœur humain, qui ne prend pas les sentiments de pacotille pour de l'or, et repousse la camelote, l'imitation du beau et du vrai. Il croyait en sa mission, en sa tâche; il croyait en son enfant.

— Il faut que je t'explique, ma petite fille, dit-il un matin à Aimée, en se promenant lentement avec elle dans les allées du jardin.

Il lui désigna les beaux marronniers dont les feuilles, devenues d'un cuivre ardent, semblaient une lumière dans la lumière, et celles, si pâles et comme souffrantes, des hauts peupliers :

— Tu vois ces feuilles? Eh bien! elles ne savent pas pourquoi elles tombent et meurent!

Aimée, souriant doucement, comme à l'énoncé d'une pensée originale et inattendue, le regarda, et son père continua :

— Si elles se savaient mourantes et bientôt mortes, elles souffriraient! Eh bien! elles me font penser à moi-même!

Tandis que la jeune fille, habituée maintenant aux paroles imprévues de son père, semblait réjouie de l'entendre, Prosper Briet lui disait :

— Ces feuilles jaunissantes me rappellent mon propre état d'âme : elles souffrent et

meurent, sans le savoir, comme moi, jadis; je
m'acheminais vers la mort de la conscience,
cette conscience qui s'atrophiait en moi, et
aurait fini par disparaître. Je n'en souffrais
pas, et alors, je me regardais vivre en me
demandant : « Qu'est-ce que j'ai? » Mais tout
à coup, j'ai senti la morsure des vents de désastre, et alors, ma chérie, j'ai souffert, souffert... Puis, tu es venue; je me suis senti re-
naître. Tu as été pour moi ce que sera le
printemps pour ces arbres, qui, en ce moment,
sont en train de se dénuder. Mais ce prin-
temps-là durera toujours, autant que moi.

Il sentit sur son bras la main fine d'Aimée,
et entendit la petite voix douce qui murmurait :

— Père! Je vous aime beaucoup et tous, nous
vous aimerons!

— Je suis sauvé, grâce à toi, mon enfant!
Sais-tu ce que tu as fait en t'arrêtant, par un
beau matin d'été, pour regarder un pauvre
diable de soldat qui barbouillait avec des couleurs un petit panneau de bois?

Le souvenir attendrit Aimée. Comme c'était
loin déjà, ces jours encore si proches? Elle
avait vécu toute une vie, depuis ce matin-là.

— Père, prononça-t-elle avec une sorte de
gravité émue, je suis certaine qu'un mystérieux fluide m'attirait alors vers vous.

— Peut-être! Mais en tout cas, ce jour-là, tu
as sauvé un être humain du désespoir!

Tout entier repris par le passé, il évoquait la
tristesse de sa vie d'alors, le manque d'affection, le vide affreux d'un cœur qui avait cru
n'avoir plus besoin de personne et que la
solitude, subitement, effrayait.

— Me faire tuer à la guerre! voilà ce que
je voulais, disait-il. Je m'étais repris à penser à toi. Je me disais : « J'ai une grande
fille qui pourrait m'aimer et près de qui j'aurais vieilli, entouré, chéri tendrement. J'ai
perdu tous mes droits sur elle et si je la
recherchais, elle ne me montrerait que haine
ou mépris ». Quand je voyais des camarades
qui, entre les combats, lisaient des lettres
d'enfants adorés, je pensais : « Ils pleurent,
mais je suis plus à plaindre qu'eux ». L'un
me dit un jour : « Tiens! tu es plus tranquille
que moi, toi qui es seul! » Et je lui répondis :
«Je suis plus tranquille, oui, mais je suis
moins heureux! »

Prosper se plaisait à manifester une recon-
naissance pleine d'élan à sa fille. Et il lui
jurait d'aider à son bonheur, à son prochain
bonheur. Il ferait tout pour cela, et si un sacrifice devenait nécessaire, il l'accomplirait
avec joie.

— Pourtant, père, dit Aimée avec fermeté,
il ne faudrait pas que vous redeveniez malheureux! Je ne le voudrais jamais.

— Laisse-moi faire. Aie confiance.

Il la regarda avec tendresse :

— Cette femme, tu sais, la mère d'Adrien?
Eh bien! elle t'aimera! Elle t'accueillera! Elle
sera fière de te donner son fils! Je le veux
ainsi!

— Oh! père! que vous êtes bon! s'exclama
Aimée avec ferveur, en serrant le bras de
son père jusque sur son cœur.

Souvent aussi, elle l'amenait doucement à
parler de sa pauvre maman dont elle gardait
un souvenir à peine ébauché. Elle pouvait
ainsi constater qu'il l'avait aimée passionnément et qu'ensuite il avait souffert de la
quitter. Il avait toujours espéré la reconquérir;
mais la mort l'avait emportée, et l'espoir dernier de Prosper s'était enfui en même temps.
Aimée discernait clairement que son grand-
père était dans le vrai en atténuant les torts
de son ex-gendre. Des fautes pardonnables lui
avaient été comptées avec une excessive sévérité.

— Je ne juge pas ta grand'mère, ma chérie.
Elle ne pouvait me pardonner ni incliner sa
fille au pardon. Elle l'aimait avec trop d'abso-
lutisme, et elle est trop taillée de la façon
que l'on nomme «d'une seule pièce». Mais
elle m'a permis de rentrer chez elle, je ne puis
oublier cela.

Il conclut, un sourire heureux aux lèvres:

— Sache attendre encore un peu... Le bonheur est un plat qui se mijote, et se savoure
ensuite lentement.

Le jour même où Prosper Briet avait quitté
la villa, M. Rivelois y reçut l'oncle d'Adrien,
le vieux M. Hélier. Il venait faire des confidences intéressantes:

— Vous devez être mis au courant; ma
sœur est ruinée, et elle a même, en qualité
d'usufruitière, aventuré quelques parties de
la fortune d'Adrien. Celui-ci depuis qu'il est
majeur l'autorisait à faire ce qu'elle voulait.
C'est une chose que j'ignorais. On agissait en
dehors de ma bonne mère et de moi-même,
naturellement. Nous ne pouvons blâmer ce
grand fils très tendre, à qui sa mère n'avait
qu'à lui demander sa signature pour devenir
libre de faire à sa guise. J'ai été enfin averti
par notre notaire commun, qui a voulu sauver
quelque chose à notre Adrien. Je viens d'écrire
à celui-ci pour le gronder, mais il m'a répondu
ce que j'attendais: il n'aurait jamais voulu
contrister sa mère, ni la gêner dans sa manière de vivre. L'argent n'a aucune importance
pour lui. Il est soldat, et, sans l'amour qui
s'est emparé de toutes ses pensées, il serait
parti, la guerre finie, pour nos colonies où elle
existe toujours à l'état permanent et où la
bravoure s'exerce utilement. Voilà tout ce qu'il
m'a répondu, termina M. Hélier, avec un beau
sourire heureux.

XXII

ES bruits d'armistice, de trêve sollicitée
par l'ennemi dérouté et enfin convaincu
de son infériorité, commencèrent à circuler avec persistance. Tous les cœurs
palpitaient. Est-ce qu'une telle heure
pouvait sonner?

Prosper Briet venait d'obtenir la nouvelle et
courte permission dont il avait parlé récemment. Les heureuses affaires qu'il entamait
alors se confirmaient; son avenir s'éclairait de
brillantes certitudes. C'était plus que la vie
matérielle assurée: il pouvait espérer la renom-
mée, toujours si chère aux artistes, et, avec

elle, une fortune suffisante qu'il pourrait augmenter peu à peu.

Le jour même de son arrivée, il annonça qu'il irait de bonne heure à Paris, le lendemain, et, comme il avait toujours des courses à y accomplir, on ne lui demanda aucun détail. Il devait rentrer pour le déjeuner.

De Mme Thirion, cette fois, il n'avait pas été question. On ne savait d'elle rien de nouveau. Adrien, dans ses lettres, n'en parlait jamais. Sans doute attendait-il des jours meilleurs et répugnait-il à critiquer, à blâmer sa mère.

— Les guerriers s'occupent surtout de la guerre, disait M. Rivelois. Toutes les autres préoccupations leur semblent secondaires. Et comme ils ont raison! Mais finisse enfin cette guerre, tu verras comme il sera zélé et actif pour organiser ton bonheur et le sien.

Aimée n'en doutait pas. Quelle destinée enviable que la sienne, se répétait-elle avec une intense ferveur! Elle avait aimé si spontanément, si complètement, et elle s'était sentie aimée en même temps et de la même manière! D'autres eussent douté, tremblé en pensant à d'inconnues rivales. Aimée ne tremblait qu'à cause des batailles, des canons meurtriers, dont un engin pouvait envoyer sur celui qu'elle aimait, un de ces horribles morceaux de fer qui détruisent la vie en une seconde, ou bien frappent en laissant d'inguérissables blessures. Pour tout le reste, elle se montrait calme et sereine ; ni les idées de Mme Thirion, ni, naguère, le voisinage, l'existence de Mlle Lormiez ni l'amoindrissement d'une fortune qui lui serait préjudiciable à elle-même, n'arrivaient à altérer sa confiance. Que la guerre se terminât, et cette heure, qui serait celle de la victoire, serait aussi celle de son bonheur!

M. et Mme Rivelois appelèrent leur petite-fille pour déjeuner. Il était midi et demi, et Prosper n'était pas encore de retour. Julia ronchonnait dans sa cuisine et demandait toutes les trois minutes « si on pouvait servir ».

— Il nous rattrapera; mettons-nous à table.

Cependant, le dessert était apporté, lorsque Clairon fit entendre les trois ou quatre aboiements spéciaux qui, chez les chiens, annoncent une arrivée qu'ils aiment et sont comme la bienvenue qu'ils crient.

La grille grinça, et des pas rapides remuèrent les graviers. Prosper entra, s'excusa, tandis qu'on lui apportait sa part de déjeuner, mise de côté par Mme Rivelois.

Mme Thirion prit peur et s'enfuit (p. 44).

— J'ai très faim! annonça-t-il.

Ce à quoi M. Rivelois répondit:

— Mangez d'abord; vous parlerez ensuite, si vous avez à nous conter quelque chose.

Il ajoutait cela par tradition, car il avait tout de suite deviné que Prosper apportait un récit sensationnel. Cela se voyait à son air extraordinairement éveillé, à ses yeux brillants, à une grande et anormale agitation de toute sa personne. Il avait aux joues une rougeur que la température ne justifiait pas.

Toujours franc et communicatif, Prosper, sans attendre d'avoir « rattrapé » les trois autres, répondit vivement à M. Rivelois:

— Si j'ai à vous conter quelque chose! Vous allez en juger tout de suite!

Comme il était plutôt joyeux d'aspect, personne ne s'inquiéta. Seul, M. Rivelois répliquait:

— Nous pouvons attendre le café!

Aimée eut un regard de convoitise vers son père. Elle eût voulu savoir! Quant à Mme Rivelois, elle avait, d'un mouvement familier à sa personne, rétréci ses épaules sous un petit châle qu'elle ne quittait guère. On eût dit qu'elle frissonnait, qu'un coup d'air froid l'avait atteinte subitement.

Et Prosper Briet, qui devinait confusément tout cela, s'exclama soudain, en posant sa fourchette et les regardant bien droit l'un après l'autre:

— Devinez ce que j'ai fait à Paris, ce matin!

Les grands-parents et la petite-fille sourirent diversement, et ce fut Aimée qui, la première, répondit:

— Vous avez dû faire quelque chose de très bien, père, car vous paraissez satisfait!

— Tiens! c'est une excellente réponse, que tu fais là! se récria Prosper; elle est excellente et vraie!

Il se tut ce qui permit aux aïeuls de parler à leur tour:

— Vous feriez mieux de nous dire ce que c'est, avança la grand'mère.

— Nous ne pouvons deviner, affirma M. Rivelois.

Alors, prenant son temps, l'air assuré, calme, et d'une voix tranquille, Prosper Briet prononça:

— J'ai revu madame Thirion, et je lui ai demandé de reprendre la vie commune.

Il y eut de très perceptibles bruits d'exclamations à peine articulées. Chacun des trois avait dû faire des « oh! » et des « ah! ».

M. Rivelois, plus patient, demanda:

— Et... elle a accepté?

— Parfaitement! proféra Prosper d'une voix nette.

Les deux femmes s'agitèrent. Mme Rivelois haussait le ton pour conseiller son mari:

— Laisse-le parler, voyons! Qu'il commence par le commencement! Nous ne saurons jamais rien, si cela continue!

Prosper avait repris un grapillon de raisin, et narrait tout en mangeant les grains lisses et bien tendus:

— Vous savez l'essentiel! Je redeviens le mari de madame Thirion qui, d'ailleurs, n'a jamais cessé de se nommer madame Briet.

— Nous voudrions des détails, déclara M. Rivelois d'un air malicieux.

Mais Aimée s'était levée, souple et légère. En deux ou trois pas, elle fut près de son père, lui entoura les épaules de ses bras, et, penchant sa tête blonde vers lui, elle disait, émue, tendre, et la voix très sincère:

— Oh! père! vous avez fait cela! Cela pour moi!

Prosper embrassa la jeune fille et se mit à rire, pour cacher son émotion:

— Pour toi, oui, petite! Il fallait bien te montrer que ton idée est bonne!

Mme Rivelois avait des larmes dans les yeux. Elle croisa son châle, qui glissait, le maintint sur sa poitrine étroite en disant:

— Vraiment, Prosper, c'est très bien, et vous avez agi en père.

— Je vous dois tant à tous! murmura-t-il, troublé.

M. Rivelois lui tendit la main, à travers la table:

— Vous vous êtes acquitté, mon cher, je vous l'assure. Et maintenant, ne nous faites pas attendre davantage une histoire que nous réclamons tous les trois.

C'était très simple. Prosper, dès qu'Aimée lui avait confié son désir de le voir se rapprocher de son épouse, s'était mis à réfléchir longuement sur cette idée. Il ne l'avait point repoussée comme inadmissible et irréalisable. Homme pondéré, il ne s'était pas révolté en se disant:

« C'est stupide et impossible ». Il avait réfléchi longuement, mais rapidement tout de même, car deux jours avaient suffi pour le décider:

— J'ai retourné la situation dans tous les sens, disait-il. J'y voyais des difficultés, des anicroches possibles et même probables, mais aucun empêchement absolu. Si j'étais demeuré le pauvre homme que j'ai été trop longtemps, je n'aurais pu m'attarder à ce projet, car j'aurais pu sembler, à certains yeux, faire une affaire. Et cette femme aurait eu le droit de m'humilier. Alors, vraiment, ç'aurait été trop dur tu sais, ma petite Chérie-Aimée.

La jeune fille approuva d'un sourire heureux. Les plus gros nuages de son avenir se dissipaient, et son beau ciel lui semblait radieux. Prosper continua:

— Mais maintenant, je puis tout de même parler de moi, car voici mon avenir assuré. J'ai la certitude d'importantes commandes, sitôt après la paix. Je puis être chef de famille, sans rien devoir à qui que ce soit. Je sais aussi ce que l'âge et la vie ont fait de moi, et que désormais je serai digne de la confiance qu'on m'accordera. Je suis père; j'adore mon enfant, et son bonheur se bâtira plus vite si je reprends la vie commune avec la femme que j'ai quittée autrefois. Elle ne pouvait hésiter, car elle a cela pour elle, cela seul, peut-être, mais enfin elle possède cette qualité: elle est bonne mère, elle aime son fils!

— Alors, interrompit Mme Rivelois encore sévère, elle n'aurait jamais dû lui faire de chagrin! Et elle lui en a fait.

— C'est vrai; mais elle était affolée par le spectre de la misère, et il faudra lui pardonner cette erreur. Elle pensait alors pouvoir contracter cette riche union avec monsieur Lormiez, pour se sauver à jamais de la pauvreté, qu'elle sentait déjà menaçante. En même temps, elle lançait son fils vers la fille de cet homme, dans son grand désir de le voir, lui aussi, à la tête d'une brillante fortune. Elle aurait dû mieux connaître, ou, tout au moins, ne pas insister, après qu'elle lui eût fait connaître sa double combinaison, qu'Adrien apprit avec horreur. Il faut vous dire que cette pauvre femme, à qui son fils ne ressemble en rien, n'a eu sur lui aucune influence, mais, en revanche, ne l'a jamais compris. J'ai assisté, pendant quelques années, à ses surprises, à elle, à ses luttes, à lui. La frivolité de sa mère a toujours désolé ce garçon laborieux, dont le caractère est au pôle opposé des choses frivoles, mais encore des pensées de lucre. Sa mère, comme tous ceux qui ont besoin de beaucoup d'argent, attache à l'argent une toute première importance. Elle me l'a dit jadis: elle ne pourrait supporter la gêne, et vous voyez jusqu'où l'on peut aller, avec ces idées-là. Adrien, au contraire, est l'homme le plus désintéressé qui soit. Les questions de fortune, de dot, de gain n'entrent jamais dans ses projets. Il reste indifférent devant la richesse; c'est très rare de nos jours, où les jeunes gens se montrent d'une réelle âpreté, d'un égoïsme féroce en affaires.

Prosper termina son café, en faisant l'éloge d'Adrien. Puis, il reprit son récit :

— J'avais donc, sans en rien dire, pris l'avis d'Adrien, qui se montra favorable à mon projet. L'oncle Héller, pressenti également, me fut, lui aussi, acquis. Il poussa même la bonté jusqu'à me plaindre un peu, me félicitant de ma résolution comme d'un sacrifice héroïque de l'amour paternel. Cependant, il voulut bien me rassurer, en ajoutant que sa sœur, depuis quelque temps, semblait très adoucie, et commençait à regretter son attitude envers l'excellente famille que son fils avait choisie.

Prosper Briet s'arrêta un peu, pour considérer particulièrement Mme Rivelois, qui se tenait toujours assez roide et manifestait ainsi sa froideur envers Mme Thirion.

— Je vous assure, madame, dit-il, qu'elle m'a avoué ses torts envers vous et surtout envers notre chérie. Elle est toute prête à vous faire des excuses.

Gênée, Mme Rivelois commença:

— Oh! nous n'exigeons pas...

Et Aimée, toute conciliante, prononçait:

— Je vous assure, père, qu'il suffit que madame Thirion nous témoigne de nouveau sa sympathie.

— C'est peut-être ce qui va lui coûter le plus, cette première entrevue qui sera nécessaire, observa M. Rivelois.

Mais Prosper l'assura que tout se passerait rapidement et pour le mieux. Il termina sa narration:

— Donc, la sachant très embarrassée pécuniairement, je me décidai à aller voir madame Briet. Il faut vous dire que cet été, dans le bois, nous trouvant subitement face à face, nous nous étions un peu lancé notre passé à la tête. Elle est passablement impétueuse, et moi, je ne suis pas très patient, surtout quand je ne veux pas l'être.

— Ce devait être le jour où elle me conseilla de ne plus vous parler, remarqua Aimée.

— C'est cela même; elle craignait mes indiscrétions.

Mme Rivelois avança:

— Si vous ouvrez constamment des parenthèses, Prosper, nous ne saurons jamais la fin de l'histoire!

Prosper sourit, s'inclina en manière de plaisanterie, et répliqua:

— Je reprends le fil.

« Dans cette première visite que je lui fis, madame Briet me parut beaucoup moins agressive et amère; quand elle sut que je gagnais très bien ma vie, que j'avais des espérances très sérieusement fondées, elle me laissa lui parler d'Adrien et de vous. Elle m'avoua sa tristesse et ses inquiétudes. Comme je savais revenir bientôt, je lui demandai à la revoir, ce qu'elle m'accorda tout de suite. Elle poussa la bonne grâce jusqu'à me dire qu'elle ne m'en voulait pas, que les torts avaient été réciproques, et que, d'ailleurs, elle me trouvait beaucoup mieux qu'autrefois, ce qui me fit rire de bon cœur. Elle fit l'éloge de ma bravoure, qu'elle ignore, mais qu'elle m'a tout de suite accordée en voyant ma croix de guerre. Bref, nous nous quittâmes à peu près bons amis.

Mme Rivelois eut une petite moue qui voulait sourire, et qui n'y arrivait pas.

— Père! père! la fin de l'histoire.

— Ce matin, j'ai été mieux reçu encore. J'ai parlé de mes commandes, de mes projets, du bonheur que j'ai eu de vous retrouver. Et puis, soudain, les yeux dans les yeux, et sans chercher de plus longs préambules, je lui ai demandé: « Voulez-vous que nous reprenions la vie commune? Je crois que ce serait le mieux pour nos enfants ». Elle m'a répondu: « Je le crois aussi ».

« Et voilà. Nous n'avons plus eu ensuite qu'à nous occuper des détails. Tout se fera dans les plus brefs délais.

« Auparavant, Mme Thirion, ou plutôt Mme Briet, sera venue demander correctement la main d'Aimée. »

Prosper s'arrêta. Sa fille, doucement, lui prenait la tête entre ses mains fines :

— Oh! père! s'exclama-t-elle, comme je vous aimerai mieux encore, pour ce sacrifice! Mais n'est-il pas au-dessus de vos forces?

— Non, mon enfant, parce que, d'abord, cette pauvre femme a changé réellement et est, comme moi, persuadée enfin que la vie commune exige des concessions; ensuite et surtout, parce que c'est pour ton bonheur, pour ta juste fierté, que j'agis ainsi. Ce divorce était une grosse tache sur ce bonheur; et, de plus, il me laissait très seul, au loin de nos familles respectives. En redevenant son mari, j'oblige la mère d'Adrien à t'accepter, à t'ouvrir ses bras. C'est la meilleure solution. Je ne puis plus souffrir des mêmes choses qu'autrefois, je te l'affirme. Bénissons donc cette presque ruine qui m'a permis d'agir ainsi, et que je suis, je le crois, en mesure de réparer pendant le reste de ma vie.

XXIII

ÉTAIT le onze novembre, dans la matinée. Depuis deux jours, les bruits de trêve prenaient plus de consistance. Bien des gens préparaient, un peu en secret, les drapeaux.

Le dix, vers le soir, Adrien arriva en coup de vent. L'heure de sa permission était arrivé:

— Tout va se terminer, dit-il.

Sa joie était immense. On allait, dès demain, célébrer ses fiançailles. Sa mère avait été charmante et vraiment sincère.

Il dîna à la villa avec elle et l'oncle Hélier. Puis, tous les trois rentrèrent à Paris. Adrien promit de revenir le lendemain matin.

Il arriva les bras chargés de belles roses de Nice, crémeuses et nacrées:

— On dit que c'est pour ce matin... que les Allemands ont demandé l'armistice... que c'est la fin.

L'agitation s'était emparée de tout le monde. Les cœurs palpitaient, dans une fiévreuse attente.

— Chérie, pria Adrien, je voudrais, en ce matin de nos fiançailles, aller avec vous revoir l'arbre du bois où j'ai gravé nos deux lettres.

— Je le regarde souvent, répondit Aimée, et je prends le plus long chemin pour le revoir.

— C'est là que je veux vous redire le serment que je vous fis... que je veux vous redire que je vous aime.

— Et moi aussi, Adrien!

Les deux jeunes gens eurent facilement l'autorisation de cette promenade. Ils devaient même pousser jusqu'à la gare pour aller au-devant de Mme Thirion et de son frère. Prosper était arrivé aussi la veille; il fut heureux de laisser « les enfants » s'en aller par le bois, bras dessus, bras dessous, tels, déjà, deux jeunes époux.

Le ciel était gris, l'air humide et sans froid. Mais dans ce jour qui s'était levé terne et morne, chacun regardait, écoutait, attendait, espérait l'éclair fulgurant de la gloire.

Aimée et Adrien arrivèrent sous le vieil arbre, dont les ramures grises donnaient une idée de la force qui s'étend, multiple et patiente. Noircies, mais encore très visibles, les deux lettres s'y voyaient toujours nettement.

Le jeune officier serra tendrement sa fiancée sur son cœur. Ils étaient dans la plus absolue solitude, dans le plus complet silence:

— Petite Chérie-Aimée, ma petite Aimée chérie, croyez en la parole de celui qui vous dit: toujours!

Elle leva vers lui ses beaux yeux verts, dans lesquels le bonheur et l'amour mettaient des reflets bleus:

— Adrien... mon Adrien...

Ils se turent. Les bouches restent muettes, pour laisser battre les cœurs.

Soudain, dans le silence, Adrien discerna un bruit:

— Ecoutez!

— Oh! les sirènes des pompiers!... Comme pour les bombardements!

Mais lui, exalté:

— Ecoutez! Entendez-vous? Les cloches!

De tous les points de l'horizon, les cloches, joyeuses comme en un matin de Pâques, carillonnaient. Il y en avait de proches et de lointaines, dont l'air tranquille apportait les sons.

Pâle d'émotion, Adrien s'exclamait:

— La victoire! C'est la victoire, Aimée!

Un long sanglot lui déchira la poitrine, serra ce cœur de brave, si fort devant le danger. Aimée pleurait.

Enflant sa voix, le canon se mêlait aux cloches. Canon pacifique, qui ne tuait plus.

D'un geste fervent, le visage très grave, Aimée s'agenouilla sur le sol humide en disant:

— Prions pour nos morts, qui nous ont préparé cette heure!

Ils restèrent un long moment recueillis, silencieux; leurs larmes coulaient, sincères et désintéressées. Les cloches sonnaient toujours leur carillon des belles fêtes.

Aimée se releva, regarda son fiancé avec une sorte d'admiration:

— Oh! fit-elle d'une voix ardente, vous êtes là, devant moi, Adrien, vous êtes revenu!

Il était si beau, si jeune, si fort! Il dit vivement:

— Vous le savez bien n'est-ce pas, ma chérie, que j'aurais donné ma vie de bon cœur, pour que sonne cette heure?

— Je le sais, Adrien!

Il la serra doucement dans ses bras:

— Aimée! C'est en cette heure sacrée que nous nous jurons de nous aimer toujours! Et maintenant, rentrons! Allons embrasser vos parents... et sortir nos drapeaux!

FIN

PROCHAIN OUVRAGE A PARAITRE :

PREMIER AMOUR

par

Ivan TOURGUÉNEFF

Les convives étaient partis depuis longtemps. La pendule avait sonné minuit et demi; dans la chambre ne restaient que le maître de la maison, et ses deux amis Serguey Nikolaevitch et Vladimir Petrovitch.

Le maître sonna et ordonna d'enlever les restes du souper.

— Ainsi c'est décidé, dit-il en s'enfonçant plus profondément dans son fauteuil et en allumant un cigare; chacun de nous doit ra-conter l'histoire de son premier amour. C'est vous qui commencerez, Serguey Nikolaevitch.

Serguey Nikolaevitch, un homme rondelet, blond, au visage un peu bouffi, regarda le maître puis leva les yeux au plafond.

— Je n'ai pas eu de premier amour, dit-il enfin; j'ai directement commencé par le second.

— Comment cela?

(A suivre).